Anne Serre

Die Gouvernanten

Roman

Aus dem Französischen
von Patricia Klobusiczky

BERENBERG

DAS HAAR VON SCHWARZEN NETZEN gebändigt, kommen sie plaudernd über die Allee inmitten eines großen Gartens. Um sie herum toben und hüpfen kleine Jungen, die unter den Bäumen Reifen nachjagen. Eine der beiden Frauen drückt ein Buch an ihre Brust. Sie hat einen Finger zwischen die Seiten gesteckt und stützt ihr Kinn auf den Buchrücken. Den Kopf halb gesenkt, wirkt sie verträumt, während sie spricht. Das Leder ihrer gelben Stiefeletten leuchtet, peitscht durch das Gras der Böschung, um dann wie ein aufgescheuchter Hase daraus hervorzuspringen. Die andere Frau presst zwei wackere kleine Hände zusammen, ohne Ring oder Armband, ohne irgendeinen anderen Schmuck als die zehn Perlmuttknöpfe, die ihre Ärmel über die Handgelenke spannen.

Da nähern sie sich nun dem großen hellen Haus. Es ist ein niedriger, zweistöckiger Bau, dessen Seiten hinter hohen Bäumen verborgen sind. Als sie im Salon Platz genommen haben, bekommt ihr Gespräch etwas Majestätisches. Zu dieser Jahreszeit sind sie wahre Königinnen. Offenbar bereiten sie sich in diesem leeren Haus auf einen Ball vor, die armen Närrinnen, einen Ball, der ihnen und den kleinen reifenspielenden Jungen zu Ehren stattfinden soll.

Die Szene im Salon wird von einer einzigen Lampe auf einem Kartentisch in der Mitte des Teppichs spärlich erhellt. Von außen sieht man, wie sich das Haar der beiden jungen Frauen in den Scheiben der Glastüren spiegelt. Ihnen ist heiß, sie legen Broschen und Halstücher ab und haken sich die Mieder ein Stück auf. Man bringt ihnen Tee, den sie bei Kerzenlicht trinken. Selbst in diesem halb entkleideten Zustand sind sie von vorbildlicher Zurückhaltung, glatt wie Kindlein, die man gerade aus der Badewanne gezogen hat.

Éléonore scheint etwas zu rezitieren. Von außen sieht man, wie ihre Lippen sich bewegen, zuweilen recht lebhaft. Manchmal öffnen sie sich für einen langen Moment. In den Scheiben der Glastüren sieht man ihre feuchten Zähne schimmern.

Während die eine spricht, streckt sich die andere behaglich auf dem Sofa aus und legt die Beine hoch, die sie sogleich mit dem unteren Ende ihres langen Rocks bedeckt. Sie isst Gebäck, nimmt die Teilchen wahllos, ohne hinzusehen, mit zwei Fingern vom Sofatisch und steckt sie sich mit halb geschlossenen Augen in den Mund.

Das sind die Gouvernanten. Morgen kommt die Familie zurück, Monsieur und Madame Austeur, die vier Kinder von Monsieur und Madame Austeur, die Hausmädchen und sicherlich noch ein paar Freunde. Sie kommen vom Meer zurück, vom Strand.

Doch zuvor das Fest! Die Gala, die seit gut drei Wochen vorbereitet wird. Inès, ins Haus gegenüber entsandt, um den greisen Herrn zu pflegen, weinte gestern noch vor Sorge, diesen Abend zu verpassen, die Ärmste. Sie kochte Kräutertee im stickig heißen Zimmer und blickte dabei immer wieder aus dem Fenster. Sie sah den Park, die Allee inmitten der grauen Rasenflächen, ein winziges Eckchen von der Bank, das unter dem Laubdach hervorlugte, einen kleinen Jungen, der als Letzter hinter seinem Reifen herjagte. Als der greise Herr seinen Kräutertee ausgetrunken, seine Brille aufgesetzt und sein großes Buch aufgeschlagen hatte, nahm sie am Fenster Platz. Im großen grauen Park bebten die Kronen der alten Bäume, und die jungen Bäume bebten von oben bis unten. In der Ferne wurde das winzige Haus nur in der Mitte von einem schwachen Lämpchen erhellt. Was trieben ihre beiden Freundinnen? Bereiteten sie wenigstens das Fest vor?

Im Haus gegenüber, in den Tiefen des nachdunklen Parks, spielen die Gouvernanten Karten. Éléonore, die doch so einen ernsthaften Eindruck machte, lacht aus vollem Halse. Sie hat ganz rosige Wangen. Wirft den Kopf zurück und schüttelt ihr feuchtes Haar. Einer der kleinen Jungen hat sich im Salon in einen breiten Ledersessel verkrochen. Er stützt sich auf seinen Reifen wie auf die Reling eines Schiffsdecks und sieht den beiden Gouvernanten zu, während sie Karten spielen und seidenzarte kleine Zigaretten rauchen. Ab und zu pickt er mit einer Hand eine Olive aus der großen Keramikschale neben dem Sessel, mit der anderen hält er seinen Reifen fest.

Unter der laut schlagenden Standuhr befindet sich ein anderer kleiner Junge. Aufrecht in seinen kurzen Hosen, die Hände hinter dem Rücken verschränkt, neigt er sich leicht vor, um zu überprüfen, ob seine Füße exakt in der Parkettfliese stehen, ohne den Rand zu übertreten. Eine dicke glatte Haarsträhne verdeckt die rechte Seite seines Gesichts.

Überall im Haus, auf den Treppen und Treppenabsätzen, sind noch mehr kleine Jungen unterwegs, sie gehen nach oben, nach unten, begegnen einander wortlos. Gelegentlich rollt ein Reifen die Stufen hinunter und schlägt in der großen Eingangshalle auf. Einmal rollt er ungehindert weiter, quer durch den Salon, und stößt dabei eine Vase von einem der Beistelltische. Dann strömen die Kinder dutzendweise herbei, um die Scherben aufzusammeln.

Wollte man sich allein auf diesen Abend stützen, um die Eignung der Gouvernanten zu bewerten, würde man wohl zu dem Schluss gelangen, dass Monsieur und Madame Austeur sehr nachlässig waren, als sie so leichtsinnige junge Damen einstellten. Womöglich ging es sogar nicht mit rechten Dingen zu.

Man muss ihnen allerdings zugestehen, dass sie unschlagbar sind, wenn es ums Feiern geht. Unter allen anderen Umständen – soweit sich das beurteilen lässt, seit sie im Dienste von Monsieur und Madame Austeur stehen – mutet ihre Fantasie eher träge an, verhüllt von einer seltsamen Schamhaftigkeit. Doch sobald von einem Fest die Rede ist, einem Geburtstag oder jedem anderen Jubiläum, erwacht diese Fantasie aus dem Schlaf der Gerechten, entfaltet sich, breitet die Arme aus, wirft die Beine in die Luft und springt mit anmutigem Schwung über Bord.

In Anbetracht dieser besonderen Begabung haben Monsieur und Madame Austeur, die durchaus gern feiern, die Gouvernanten gewissermaßen befördert, wobei ihr höherer Posten noch einer genauen Definition harrt; es könnte sich um so etwas handeln wie »Beauftragte für Lustbarkeiten aller Art«. Großzügig wie immer, überließ das Paar seinen kreativen Köpfen die geräumigen Empfangszimmer im oberen Stockwerk, damit sie dort ihre Büros einrichten und alle Requisiten lagern, Lampions, Reifen, Statisten, »bei Bedarf auch Akrobaten«, wie Monsieur Austeur gnädig hinzufügte, verzaubert von einem Talent, das ihm selbst leider schon vor langer Zeit abhandengekommen war.

Dennoch hat er wohl einen Fehler begangen, als er den Gouvernanten die Schlüssel zu sämtlichen Zimmern und Vorzimmern, zu den Schränken im Erdgeschoss und den Schubladen des Frisiertisches anvertraute, ohne Madame darüber in Kenntnis zu setzen. Angesichts dieser ungeahnten Freigebigkeit zeigte sie sich betrübt. Den ganzen Tag streifte Madame in ihrem langen grauen Kleid im Garten umher und rupfte Blüten ab. Nachdem Monsieur Austeur sie am Abend zwischen Eingangshalle und Speisezimmer mit einer flüchtigen Liebkosung besänftigt hatte, strahlte sie während des ganzen Essens.

Heute sind Monsieur und Madame Austeur am Meer. Morgen kommen sie zurück, zusammen mit den Hausmädchen und sicherlich noch ein paar Freunden, im langen Wagen, der den kleinen Jungen so gut gefällt.

Die Feste beginnen immer gleich. Die Gouvernanten ziehen sich ein paar Abende lang in ihre Zimmer zurück, bekommen Hitzewallungen, Herzrasen und rote Flecken. Einmal – tatsächlich nur ein einziges Mal – kam es sogar zu Ohnmachtsanfällen in der Halle und auf der Treppe. Monsieur Austeur rannte auf der Suche nach Riechsalz hin und her, Julie (seine Gattin) wand ihre weißen Arme, während die Gouvernanten zu ihren Füßen darniederlagen. Doch in der Regel geht es harmloser zu. Sie erröten also, klimpern beim Abendessen mit den Wimpern, werfen eine Suppenschüssel um, brechen unvermittelt in Tränen aus und flüchten in ihre Zimmer. Dann summt Madame Austeur ein kitschiges Liedchen und zwinkert Monsieur Austeur verschwörerisch zu. »Sie gehören unter die Haube, sie gehören unter die Haube«, summt nun Monsieur Austeur verschmitzt. Und die beiden Eheleute lächeln sich an wie weise Eltern, deren Töchter zum ersten Mal verliebt sind.

Bleiben wir aber bei den Gouvernanten. Sie sind doch keine sechzehn mehr! Und in der Regel wenig verträumt. Was soll also dieses ganze Theater?

Éléonore und Laura pflegen ein gutes Verhältnis zu Inès, der das Konversieren so leichtfällt. Beide ermutigen sie, diese Begabung zu stärken, »die ihr schöne Erfolge einbringen wird«, wie sie freundlich sagen. Manchmal, wenn der greise Herr ein Schläfchen macht oder eine Patience legt, gehen sie zu dritt gemächlich im Garten spazieren, die Hände hinter dem Rücken verschränkt. Inès klagt, sie habe nur selten Gelegenheit, ihre Kunst zu erproben: Der greise Herr schweige meistens, während das Personal nicht auf der Höhe sei. Nur im Beisein ihrer Freundinnen habe sie Gelegenheit, ihre Fähigkeiten ein wenig zu erweitern, ihren Esprit zu entfalten und zu verfeinern.

Dann reden sie über Männer, das bevorzugte Thema ihrer Konversationsübungen. Wenn man sie hört, könnte man meinen, sie hätten immer nur jenseits des Gartentors welche zu Gesicht bekommen. Sie beschreiben den Weg, den die Männer einschlagen, ihre Handzeichen, ergänzen manche Details, dichten etwas hinzu, wenn ein wesentliches Element fehlt, befragen sich gegenseitig. Sie vergleichen die Männer mit Monsieur Austeur, suchen nach Ähnlichkeiten, nach Unterschieden, und wenn der Nachmittag vorbei ist und es gegen sechs im Park und in seiner Umgebung kühl wird, kleben sie schließlich alle drei wie große tote Falter am Gartentor.

Dabei sind sie keineswegs naiv. Éléonore war sechs Jahre mit Tom zusammen, Laura hatte sieben Liebschaften und Inès mindestens genauso viele.

Alle drei tragen sie gelbe Kleider, abends am Gartentor. Unmittelbar davor führt die Landstraße über eine Kuppe und macht gleich danach einen Knick. Das ist nicht gerade günstig, wenn man die Mienen der Passanten beäugen möchte. Am besten gelingt es, wenn sie zu Fuß unterwegs sind. Dann haben die drei genug Zeit, um sie kommen zu sehen und sie von vorn zu betrachten, bevor sie selbst entdeckt werden. Bleiben die Passanten am Tor stehen, die Hände in den Hosentaschen, wissen die Gouvernanten bereits eine Menge über sie. So ist Inès beispielsweise sicher, dass der da nicht ihr Fall ist. Éléonore zieht den Gürtel enger, stellt sich auf die Fersen und bauscht ihr Haar auf. Laura lässt sich die eine oder andere Frage einfallen.

Gelegentlich hält beim Anblick der drei großen Falter ein Wagen an, und der Mann, der ihm entsteigt, macht ihnen überaus eindeutige Zeichen. Er rüttelt am Tor, will sich Zugang verschaffen. Sie weichen kein bisschen zurück. Manchmal brüllt der Mann, weil er sie begehrt, und beginnt ein quälendes Gespräch. Sie antworten gemeinsam oder nacheinander, doch so gut wie einstimmig. Es kommt vor, dass der Mann weint, und dann bieten sie ihm eine Pobacke an, eine Brust, einen Mund, ein paar Hände. Weil sie zu dritt sind, holt er Freunde, weitere Männer hinzu. Eine solche Gelegenheit darf man sich nicht entgehen lassen. Sie fahren mit Wagen vor, zehn, fünfzehn Männer, und so werden ganze Abende zugebracht: drei gelbe Gouvernanten am Gartentor, lauter Männer in abendgrauer Landschaft, unter hohen Bäumen am Rand der Straße, die über eine Kuppe führt und dann einen Knick macht.

Dabei sind sie keineswegs käuflich oder flatterhaft oder in irgendeiner Weise anrüchig. Sie sind auch nie wegen peinlicher Gerüchte in Verruf geraten. Es hat eher den Anschein, als wären sie von der allzu großen Stille in den Häusern ihrer Herrschaft überreizt. Diese Stille mag der Lektüre, der Meditation, der Erziehung von kleinen Jungen und begnadeten Reifenspielern, dem Schläfchen des greisen Herrn, der verglimmenden Liebe von Monsieur und Madame Austeur zuträglich sein, aber manchmal setzt sie sich so hartnäckig unter den hohen Bäumen im Garten fest, in den Fluren und Salons, dass es den Gouvernanten Angst macht, dort zu wohnen. Und dann suchen sie nach Ablenkung.

Selbstverständlich dürfen sie ausgehen. Aber wohin? Sie haben weder Familie noch Eltern und auch so gut wie kein Vorleben, denn das alles starb an dem Tag, als sie in den Dienst von Monsieur und Madame Austeur traten. An diesem Tag mussten sie alles hinter sich lassen. Und das ging so: Die Bäume aus ihrem Schulhof, zum Beispiel, die Bäume ihrer Großeltern und die am Rand der Straße, die sie zum Strand führte, all diese Bäume und auch sämtliche anderen sind in den Park von Monsieur und Madame Austeur gestürmt, um sich an die Ulmen und Eichen zu schmiegen, mit ihnen zu verschmelzen und in ihnen aufzugehen. Genau das passierte auch mit den Häusern, Scheunen, Schlössern und Städten. Alles drängte sich am Morgen ihrer Ankunft durch das weit geöffnete Tor, fiel in das Haus der Herrschaften ein, und kaum war es Abend geworden, hatte das Anwesen von Monsieur und Madame Austeur eine beträchtliche Menge an Stützbalken, Dachziegeln, Schornsteinen und noch schlagenden Wanduhren verschlungen.

Éléonore war der Meinung, dass ihr neues Leben von einer leicht furchteinflößenden Macht beseelt schien. Laura freute sich darüber, zu Hause, in unmittelbarer Reichweite, eine ganze Welt zur Verfügung zu haben. Sie verweilte gern darin und weigerte sich lange Zeit, auszugehen. An ihren freien Tagen erkundete sie den Park, und selbst Inès, die sie ständig zum Tee beim greisen Herrn einlud, erhielt erst nach drei Monaten Besuch von ihr.

Sechs Uhr abends an diesem Festtag. Der Himmel ist nun durchscheinend und der Park kühl. Die kleinen Jungen gehen langsam, verstreut über den Rasen. Einige sitzen in ihren weißen Shorts und hellen Pullis zu zweit oder zu dritt beisammen. Hinter ihnen liegt ein harter, fröhlicher Tag. Von früh bis spät sind sie mit Gebrüll hinter ihren Reifen hergerannt und im hohen Gras umhergesprungen. Die Gouvernanten schienen derweil wie von Sinnen. Kaum hatten sie den Jungen die Leviten gelesen, zerschmetterte ein verirrter Ball die Scheiben des Treibhauses. Éléonore steckte den Kopf aus dem Fenster ihres Zimmers, warf einen Blick zur Seite und herrschte ihre Zöglinge an, sie sollten weiter weg spielen. Sie wirkte sehr beschäftigt. Ihr großer, brünetter Kopf verschwand sogleich wieder hinter den Gardinen. Da gingen die kleinen Jungen ins Treibhaus, das sie sonst nie betreten durften, setzten sich inmitten von Töpfen voll lehmiger Erde, behaarten Begonienblättern und Gartenwerkzeugen auf die Stufen, streckten sich unter den Blüten aus und erzählten einander Geschichten.

Arthur behauptet, er habe die Unterwäsche der Gouvernanten gesehen. Er hatte sich im Gebüsch versteckt, während sie vorbeigingen und ihre langen gelben Röcke sich wie Löschhüte über die Blumen senkten. Sie hielten sich an den Händen und flüsterten lebhaft. Lange blieben sie vor dem Busch, hinter dem der kleine Junge auf dem Rücken liegend vor sich hin träumte. Sie gingen hin und her, ein paar Schritte zur Seite, dann wieder ein paar Schritte zu ihm hin. Éléonores feine Schuhe waren erdverschmiert. Ein Zipfel ihres Rocks blieb für einen Augenblick an den Dornen hängen, sie trug keine Seidenstrümpfe, ihre Oberschenkel waren so golden wie Butterblumen.

Grégory lacht schallend, als er Arthur reden hört. Er sagt, was Mädchen angeht, kenne er tausend viel lustigere Geschichten, zum Beispiel die, als vergangenes Jahr plötzlich zwei Mädelchen am Gartentor auftauchten. Sie hätten ihm jeden Wunsch erfüllt, seien viermal, an vier Nachmittagen in Folge, durch das Loch in der Gartenmauer geschlüpft und hätten, wenn auch im Stehen – sie wollten sich nicht hinlegen –, ihre blauen Kleider gelüpft, Arme und Beine gehoben und sich dabei wie von ihm befohlen um die eigene Achse gedreht. Als die Größere sich zierte und er einen Stock in die Hand nahm, habe sie sich gedreht wie die andere. Es sei wie im Zirkus gewesen, sagt er. Der Größte sagt nichts. Weil er in der Nacht zuvor nicht einschlafen konnte, hatte er sich ans Fenster gesetzt und seinen Blick lange über die tote Landschaft schweifen lassen, bis er ihn schließlich auf das Haus gegenüber richtete, am anderen Ende des Parks. Das mittlere Fenster war erleuchtet. Er konnte eine reglose Gestalt ausmachen, die ihrerseits wachte und die Landschaft betrachtete. Es kam ihm nicht in den Sinn, ihr ein Zeichen zu geben. War es eine Frau oder ein Mann? Die Entfernung war viel zu groß, um das zu erkennen. Er empfand eine gewisse Wonne, so allein inmitten der weiten grauen Rasenflächen, dazu diese Gestalt, die ebenfalls wachte. Das Gartentor war nicht zu erkennen, die Nacht hatte seinen goldenen Anstrich verschluckt, sodass sich vom Fenster des Jungen bis zum Haus gegenüber ein Durchgang erstreckte, groß und leer wie ein Stadion.

Für das Fest werden fünfzig Vasen aufgestellt, fünfzig Kandelaber und ebenso viele Lampen. Hier gilt: ganz oder gar nicht. »Fest« bedeutet Pracht, Üppigkeit, überbordender Einfallsreichtum. Das wissen die Gouvernanten nur zu gut, die in den Vorjahren so kräftig die Zimbeln geschlagen und die Trommeln gerührt hatten, dass in einem Umkreis von zehn Kilometern sämtliche Frauen und Männer und ein paar neugierige Hunde angetrabt kamen und das Schauspiel hinter dem Gartentor begierig verfolgten.

Dieses Jahr wird ein doppelter Aufwand betrieben, denn das Fest fällt mit der Rückkehr von Monsieur und Madame Austeur zusammen. Es soll eine Ballonfahrt geben, eine Flugzeugtour, Spiele im Fluss und unter den riesigen Bäumen im dunklen Park. Und die Fenster des Hauses bleiben von der Abenddämmerung bis zum Morgengrauen erleuchtet.

Es wird Gebrüll und Getobe geben, man wird durch die Alleen tollen, Arme recken und kreiseln und wirbeln. Man darf sich mit Stöcken bewaffnen und damit sowohl die Luft peitschen als auch das Gras. Man darf die Pferde ausspannen, an ihre Hälse geklammert durch den Park stürmen und das Laub zerteilen, bis man erschöpft zu ihren Füßen sinkt, in ihren warmen Atem gebettet. Man kann auch nackt tanzen, nackt trinken und sich plötzlich auf der Vortreppe entblößen, mit Gefuchtel und markerschütterndem Geheul, das alle zum Lachen bringt.

Noch binden die Gouvernanten den Jüngsten die Sandalen zu, glätten das Haar der Zerzaustesten, strecken die Arme aus und streicheln die feuchten Wangen derjenigen, die sich vor dem Fest ängstigen. Sie sagen, es gebe nichts zu befürchten, man müsse nur die anderen beobachten und nachmachen oder sich schön still verhalten, je nachdem, woran man mehr Freude habe.

Éléonore ist derart beschwingt, dass es Gustave Angst macht. Er traut sich nicht, ihr in die Augen zu sehen. Inès ist wieder da, klappert mit ihren Stiefeletten auf dem Kachelboden, tack-tock-tock, tack-tock-tock, und wirbelt durch den Raum. Laura zieht einen breiten, weichen Gürtel aus geflochtenem Lammleder so fest um ihre schmale Taille, dass sie fast nicht mehr atmen kann. Tack-tock-tock, tack-tock-tock, so tanzen und stampfen sie alle drei.

Man wartet nur noch auf Monsieur und Madame Austeur, auf den riesigen Wagen und auf die Hausmädchen, die den Wein servieren und dafür ums ganze Haus herumrennen werden. Die Pferde wurden gestriegelt, der Ballon bildet neben seiner Gondel eine Pfütze auf dem Rasen, die Musikinstrumente sind alle in der großen Halle aufgereiht.

Pausenlos quietscht das Gartentor und öffnet sich langsam, um die Lieferanten durchzulassen, sie bringen Fische und Fasane in Aspik, Bottiche voll Sahne, eisgekühlte Weine und die Vögel, die man aus allen Fenstern fliegen lassen wird. Jemand hängt die letzten Lampions über den Eingang, ein anderer klettert behände einen Baum hoch. Vier oder fünf kleine Jungen stürzen sich aus den Fenstern im Erdgeschoss, flitzen zum Eingang, durchqueren die Salons und legen von Neuem los.

Inès probiert eine Peitsche aus. Sie lässt sie mit aller Kraft auf den Boden knallen, den Arm in die Höhe gereckt, und man weiß nicht so recht, ob man vor dieser funkeläugigen Dompteuse zurückschrecken oder in die Hände klatschen soll. Es ist köstlich. Alle zucken zusammen und rufen: »Hör auf! Hör auf! Du bist verrückt!« Éléonore hat eine Schallplatte auf dem Grammofon aufgelegt, und die Musik dröhnt bis zum Speicher hinauf, wo die kleinen Jungen sich verkrochen haben, die nicht mitfeiern wollen.

Alles ist fast fertig, doch der Wagen ist noch immer nicht zu sehen. Man wartet voller Ungeduld. Es wird kaum gespielt, um das Fest nicht zu verderben. Ständig halten die kleinen Jungen am Gartentor Ausschau und stecken den Kopf zwischen die Gitterstäbe.

Alles ist bereit. Sobald Monsieur und Madame Austeur in ihrem langen und langsamen schwarzen Wagen das Tor passiert haben, wird es losgehen. Die Trompete wird ertönen, und überall werden schaurig grinsende Gestalten hervorspringen, sie werden zum Spaß schreien und sich gegenseitig umrennen. Der ganze Rasen wird beben, und im Wagen werden sie sich vor Lachen nur so ausschütten. Monsieur Austeur wird sagen: »Da haben sie sich wieder allerhand einfallen lassen! Wir haben doch gut daran getan, sie einzustellen, finden Sie nicht, Madame Austeur?« Und Madame Austeur wird lächeln und nicken. Die Hausmädchen werden gleich aussteigen und sich zur fröhlichen Schar hinzugesellen wollen, sich aber nicht zu fragen trauen, ob sie das dürfen. Der greise Herr von gegenüber hat sein Fernrohr bereits ausgerichtet und wird sich nicht das kleinste Detail entgehen lassen.

Es wird Abend, doch der lange Wagen ist noch immer nicht zu sehen. Die Gouvernanten sitzen in der Halle, eine neben der anderen, die Stühle mit dem Rücken zur Wand aufgereiht. Den kleinen Jungen macht es überhaupt keinen Spaß mehr, sich aus dem Fenster zu stürzen. Ohnehin hat Éléonore es ihnen gerade untersagt und dem Kleinsten eine Ohrfeige gegeben. Jetzt gehen die Jungen über den Rasen und lachen still in sich hinein.

Die Nacht bricht herein. Im oberen Stockwerk wird geweint. Die Gouvernanten haben eine Flasche entkorkt, sich einen Teller mit Hühnchen und ein paar Nüssen bringen lassen, von dem sie zerstreut mit den Fingern naschen. In der Ferne quietscht das Gartentor. Sie springen gemeinsam auf, greifen nach den Zimbeln und verharren ein, zwei Minuten mit gespitzten Ohren. Rollen da vielleicht Räder über den Kies? Nein. Nichts. Sie setzen sich wieder hin. Ein kleiner Junge kommt und bittet um Erlaubnis, ins Bett gehen zu dürfen, andere folgen ihm stumm die Treppe hinauf. Auf dem Rasen lassen sich weder der Ballon noch seine Gondel mehr ausmachen. Die Pferde wiehern nicht mehr in ihren Boxen.

So vergehen noch ein paar Minuten, schließlich eine ganze Stunde. Das Haus schläft, sämtliche Lampions sind erloschen. Im Haus gegenüber hat der greise Herr sein Fernrohr weggeräumt und sich schlafen gelegt. Die Gouvernanten gehen langsam, ohne ein Wort zu wechseln, in ihre Zimmer hinauf, verweilen dort kurz und gehen wieder hinunter. Als sie die Haustür öffnen, sieht man sie einen Moment auf der Vortreppe, die vom Licht der Eingangshalle erhellt wird. Sie tragen gelbe Kleider und scheinen die Nacht zu mustern. Dann huschen sie zur Allee hinaus und verschwinden unter den Bäumen.

DAS GOLDENE TOR HAT SICH AUFGETAN und einen Fremden eingelassen. Éléonore späht ihm nach, und Laura hält, am offenen Fenster stehend, die Luft an.

Er geht über den Rasen, hält inne, um das Geäst eines Baums zu betrachten, fährt mit der Hand über einen Stamm, wendet den Kopf nach rechts, nach links und setzt dann seinen Weg fort. Seine Gesichtszüge sind noch nicht zu erkennen. Er geht langsam und wirft hin und wieder den Kopf zurück, als wollte er die frische, feuchte Luft in vollen Zügen einatmen. Im Haus stehen die Gouvernanten beisammen und fragen sich: »Wer ist er? Woher kommt er? Sollen wir ihn hereinlassen?«

Anstatt auf das Haus zuzugehen, biegt er plötzlich ab und verschwindet unter den Bäumen. Ein Vogel taucht mit lautem Flügelschlag aus dem Dickicht auf. Éléonore und Laura rennen die Treppe hinunter und treten vors Haus, keuchend, leicht zerzaust. Sie werden ihn nicht einfach so wieder ziehen lassen. Er ist in die Falle ihrer unermesslichen, fantastischen Sphäre getappt; sie holen ihre Netze hervor, sie werden ihn einfangen und behalten. In ihren blauen und braunen Kleidern dringen sie ihrerseits mit großen Schritten ins Gehölz vor, teilen das Dickicht mit ihren spitzen Stiefeletten. Er kann nicht weit gekommen sein. Dort drüben schlüpft ein grüner Fleck durch die Blätter hindurch. Das ist er. Die Jagd beginnt.

Ob er Angst hat? Es ist, als würden zwei Raubkatzen ihn verfolgen. Rennt er jetzt etwa? Aber ja, da galoppiert er, springt über die Wiese. Sie kennen alle Abkürzungen. Na, warte nur!

Ihre Röcke bleiben an den Dornen hängen und reißen hier und da auf. Die hohen Farne, mit Wasser beladen, ergießen sich über die zierlichen polierten Schuhe. Ihre nackten Arme sind zerkratzt, ihre Beine nass vom Regen, ihre Röcke voller Gerüche.

Es kommt nicht alle Tage vor, dass hier gejagt wird. Allzu oft fehlt es an Wild. Dieses wird nach allen Regeln der Kunst gepackt, geleckt, gebissen, verschlungen werden. Und wenn er sich restlos verausgabt hat, werden sie von ihm ablassen. Nackt wie ein Säugling wird er auf der salbeigrünen Wiese daliegen, und sie, ja sie werden Erinnerungen für winterliche Abende gesammelt haben, an denen sie sich hinter ihren Fenstern so lange und so verzweifelt nach der Ankunft eines Fremden sehnen.

Sie nehmen einen Trampelpfad, der wie ein Graben zwischen zwei Feldsteinmauern verläuft. Ab und an sieht man nichts als ihren Scheitel und ihr Haar, das immer wieder kurz zwischen den Wiesengräsern aufweht. Jetzt hören sie ihn. Da ist er und keucht, schnauft ein wenig beim Rennen, erlahmt schon. Bald gibt er auf. Er kann nicht mehr. Éléonore hat sich auf ihn geworfen und hält ihn von hinten mit beiden Armen umklammert. Sie und Laura betten ihn auf die Erde und knöpfen seine Hose auf. Ein sehr schöner Mann, etwas besudelt vom Schlamm und vom Regen, aber das macht ihn nur noch anziehender. Mit ihren Zähnen hat Laura das Band seiner Unterhose entknotet.

Die Brüste der einen jungen Frau quellen aus ihrem Mieder hervor, die andere hat ihre Röcke bereits bis zur Taille geschürzt. Sie werden es ihm besorgen und dabei auf ihre Kosten kommen.

Inmitten ihrer Raserei werden sie wieder sanft und holen ein verschüchtertes Glied hervor. Éléonore nimmt es, knetet es, umschließt es und lässt ihre Hand langsam, ganz langsam auf und ab gleiten. Laura hockt, den braunen Rock zurückgeschlagen, über dem Gesicht des Fremden, der die Lider gesenkt hält. Aber er atmet schnell und laut. Und allmählich nimmt sein blasses Glied Farbe an, richtet sich auf. Er saugt Lauras Duft ein wie kurz zuvor die feuchte Luft und den Geruch der nassen Bäume. Er hat keine Angst mehr.

Das Glied ist jetzt vollends aufgerichtet, seine Eichel schimmert lila wie eine Pflaume zwischen den zarten Fingern von Éléonore. Sie hebt ihren blauen Rock an, spreizt die Beine und lässt sich in aller Seelenruhe von diesem steifen, warmen, harten, glatten Ding aufspießen, das Stück für Stück in ihr versinkt.

Es ist sechs Uhr abends, als sie aufhören. Der Mann ist ausgeblutet, die schönen Hände liegen geöffnet, wie verlassen neben seinem Körper. Weil er friert und sich nicht regt, ziehen sie ihn wieder an. Dann machen sie sich leicht erschöpft, glücklich und erfüllt auf den Weg nach Hause, ohne ein Wort zu sagen.

Eng umschlungen gehen sie zwischen die Bäume hindurch, ihre Beine zittern, ihre Lippen sind geschwollen, ihre Körper kommen endlich zur Ruhe. Im Park haben sich die Kinder zum Spielen versammelt. Sie umringen die Gouvernanten mit Freudenschreien, wie man siegreiche Kriegsheimkehrer begrüßt. Sie umtänzeln sie bis vor die Haustür und betreten mit ihnen den breiten, eiskalten Flur.

Heute Abend kommt Inès. Sie werden eine Patience legen. Sie werden über Männer reden. Und morgen, in einem Monat, in einem Jahr vielleicht wird ein anderer Fremder in ihre Sphäre treten, in diese nachtsüße Falle hinter dem goldenen Tor, das sich plötzlich wie durch Zauberhand auftut.

STAUBIG IST DER HÜGEL in diesem Juli. Es ist so heiß, die Sonne so sengend, dass das Gras verbrennt, gelb und trocken wird. Sie haben mit den Kindern eine Wanderung unternommen. Ausgestreckt, von winzigen Zweigen gepikst, sehen sie dem Himmel dabei zu, wie er seine dünnen Wolkenschleppen träge hinter sich herzieht. Auf dem Blau zeichnet sich ein Gesicht ab, aber der Mund fällt ein, die Nase wird länger, das Haar zottelig: Jetzt ist es ein Tier, gleich springt es, um sich mitten im Sprung aufzulösen. Die kleinen Jungen spielen, und ihr Geschrei klingt wie in einem Traum. Die Wirklichkeit indessen ist heiß, hart und knisternd, erfüllt vom Summen der Insekten.

Auf dem Rücken liegend, rauchen sie kleine Zigaretten, und sobald sie den leichten Dunst ausgeatmet haben, atmen sie die Luft in vollen Zügen ein. Sie haben die Röcke bis zu den Oberschenkeln hochgeschoben, um die Sonne an ihren nackten Beinen zu spüren, und die Mieder aufgehakt, damit sie sich zwischen ihren Brüsten ergießt.

In der Ferne hört man eine einsame Kuhglocke läuten, dann ein Bellen, das aus den Tiefen einer Höhle zu dringen scheint. Die Sonne brennt ihnen auf der Haut, in winzigen Rinnsalen fließt Schweiß von ihren Hälsen, Achseln und Leistenbeugen über ihr schlummerndes Fleisch. Auf dem im Gras ausgebreiteten Haar laufen zarte Libellen wie auf Wasser.

Da kommt ihnen der Fremde wieder in den Sinn. Sein ausgemergeltes Gesicht, nachdem sie seinen ganzen Saft aufgesogen, ihn seines ganzen Honigs beraubt hatten. Seine feurigen Hände, die blind um sich griffen. Sein steifes Glied, das nicht mehr ihm zu gehören schien. Sie würden ihn so gern wiederfinden, ihn wieder aufrichten und dann erneut aus ihm schöpfen, ihm diese alles überstrahlende Zärtlichkeit entlocken, ohne die sie sich fühlen wie im Exil. Éléonore setzt sich auf, mit hochrotem Gesicht, von der Hitze betäubt. Laura nimmt einen Zipfel ihres Rocks und wischt sich träge über den nassen Leib. Die dunkelhaarige Inès ist in ihrem roten Kleid eingeschlafen.

Die Kinder sind auf und davon, ringsum ist niemand zu sehen. Sie ziehen die Unterhosen aus, werfen Sandalen, Röcke und Mieder von sich, und während sie nackt neben ihrer Freundin liegen, deren rotes Kleid sich im aufkommenden Wind sanft bläht, lassen sie zu, dass die Libellen über ihr glänzendes Vlies herfallen. Bei Éléonore wölbt es sich zwischen zwei weißen Schenkeln, die die Sonne noch nicht rosa gefärbt hat. Lockig und nicht ganz so dicht sieht es bei Laura aus wie ein Flechtenfleck unter ihrem duftenden Bauch.

Die Sonne dringt zwischen ihre Oberschenkel, wärmt die geschlossene Spalte, die getränkt ist von Erinnerung und Sehnsucht. Ein wenig ist es so, als wäre der Fremde da, als käme er ihnen näher. Einen Namen hätte er nicht. Es wäre völlig gleich, woher er stammt, es ginge ja nicht ums Heiraten. Es ginge nur darum, dass er diesen Körpern Trost spendet, die untröstlich sind, wenn sie auf ihn verzichten müssen. Dass er mit seinen zärtlichen Händen, seinem zärtlichen Mund, seinen zärtlichen Gesten, seinem zärtlichen Glied diesen Sturm besänftigt, der in ihrem Unterleib wütet.

Er müsste es noch einmal tun, zweimal, zehnmal vielleicht, denn der Sturm lässt sich nur schwer besänftigen. Als grollte in ihm der Donner von Millionen Jahren, zuckten die Blitze von einst und von heute. Um die vielen Feuer zu löschen, die so oft und seit so langer Zeit entfacht wurden, wird der Fremde immer wieder stoßen, stoßen, stoßen müssen, und weil er stets neue Stürme auslöst, während er die alten besänftigt, wird seine Aufgabe niemals enden.

Ja, sie werden ihn lieben, solange er in ihnen steckt. Sobald er heraus ist, werden sie ihn hassen. Dann gaukeln sie ihm Liebe vor, damit er wiederkommt, doch hinter ihren süßen Worten, ihren schmachtenden Blicken werden rasende Nymphen lauern, bereit, ihn in Stücke zu reißen, falls er allzu lange auf sich warten lässt.

Wenn er in den Seidenkokon ihres weichen Schoßes gleitet, haben sie ihn wieder, den Fremden. Er würde gern dort verharren und schlafen. Er ist nämlich müde, da er so viel gelaufen ist, so hart gearbeitet hat. Ihn verlangt es danach, anzukommen, sich in einem Nest auszuruhen. Er will sich in ihnen ausdehnen, den Himmel betrachten und dem Meer lauschen. Doch wenn er sich hinlegt, ist es eine Qual: Nie wird er in ihnen zur Ruhe kommen.

Anfangs wussten sie nicht, wie sie diese Stürme besänftigen sollten. Dazu braucht es Zeit und Erfahrung. Sie dachten zunächst, dass es helfen würde zu rennen. Und so sausten sie wie Irre durch den Park, kletterten Bäume hoch, schlugen die Vögel in die Flucht, traten gegen das Gartentor und warfen einander alle möglichen Gegenstände an den Kopf. Sie schwammen, lasen fieberhaft die ganze Nacht, verschlangen ganze Fasane, zerrissen ihre Kleider, küssten die Haushälterin. Dann tauchte der erste Fremde auf, dem sie höchst misstrauisch begegneten. Man hatte ihnen von der Liebe erzählt, von den Männern und deren Macht. Sie fürchteten sich davor. Sie versteckten sich hinter den Vorhängen ihres Zimmers, in einer dunklen Ecke des Flurs, hinter einer Tür, und von dort aus musterten sie den Fremden.

Kam er auf sie zu, waren ihre Gesichter verschlossen, ihre Körper stumm. Ohnehin schienen sie kaum einen Körper zu haben. Solange der Fremde nicht in ihnen war, wussten sie nichts über ihn, und wenn sie ihn noch so lange musterten. Und es war gerade dieses so streng gehütete Geheimnis, das sie dazu brachte, auf ihn zuzugehen.

Sie verließen die dunklen Ecken, die einem erlauben zu sehen, ohne gesehen zu werden, und rückten in die Mitte hell erleuchteter Räume vor. Sie begegneten seinem Blick. Wenn aus diesem Blick Begehren sprach, begriffen sie, dass dort das Geheimnis lauerte. Und so versuchten sie, diese Tür zu öffnen, aber nur halb, sie wollten lediglich einen Blick erhaschen. Sie würden selbst nicht das Geringste von sich preisgeben, nicht einmal eine Fingerspitze. Sie wollten das Geheimnis lüften, ohne es teilen zu müssen. Aber sie scheiterten erneut. Wenn sie die Tür einen Spalt breit öffneten, sahen sie das Gleiche wie im Blick des Fremden. Mehr nicht. Das Geheimnis lag immer noch dahinter. Sie mussten sich weiter vorwagen, mussten sich berühren lassen. Da boten sie ihren Mund, eine Brust, manchmal sogar den ganzen Körper. Aber das reichte nicht. Er steckte in ihnen, und sie blieben unwissend, weil sie nichts spürten.

Eines Tages jedoch regte sich etwas in ihnen. Etwas lief ihnen durch die Glieder und zündete dabei tausend Funken, die Tag und Nacht glühten. Und von da an fürchteten sie sich nicht mehr vor dem Fremden, öffneten ihr goldenes Tor und warteten sitzend, stumm und untätig darauf, dass er in diese seidenweiche Falle tappte, die das Geheimnis seines eigenen Begehrens war.

Sie verkehrten mit so manchem Fremden. Gar nicht so wenigen für drei Gouvernanten, die in den Tiefen eines nachtdunklen Parks eingeschlossen waren. Bei ihrer Lebensweise hätten sie genauso gut keinem einzigen begegnen können. Doch entweder verirrte sich gelegentlich ein Fremder in den Park oder betrat ihn aus Neugier, wagte sich ein Stückchen zu weit vor – und klack schloss sich hinter ihm das goldene Gittertor.

Es bereitete den Gouvernanten Vergnügen, einen Fremden näherkommen zu sehen. Manchmal war dieser Teil sogar ihr größtes Vergnügen. Sie waren allmächtig, solange er ahnungslos vorrückte, einem dumpfen Ruf folgend, der sich nie klar und deutlich vernehmen ließ.

Doch kaum hatten sie den hilflosen Fremden verschlungen, wurden sie wieder zu drei armen kleinen Gouvernanten. Wären sie sich nicht so einig gewesen, hätten sie vor lauter Verzweiflung womöglich Selbstmord begangen. Nach erfolgter Eroberung kehrten sie in die geräumige Leere ihrer Behausung zurück. Sicher, sie hatten ihre Erinnerungen, aber war das genug, um drei zutiefst aufgewühlte Gouvernanten glücklich zu machen?

Denn nie – und das ist an ihrer Geschichte durchaus nicht uninteressant – forderten sie einen Fremden zum Bleiben auf. Es schien ihnen gar nicht in den Sinn zu kommen. Ein Fremder im Haus? Um Gottes willen, bloß nicht! Gern im Park. Gern im Stehen, im Sitzen, im Liegen, beim Verschlingen oder Verschlungenwerden. Sollte er aber das große stille Haus betreten? Nein. Unter keinen Umständen.

Und warum? War etwa ein Schatz in einem der Räume versteckt, zu denen sie keinen Zugang gewährten? Mitnichten. Einige Wertsachen, gewiss, eine Handvoll kleiner Jungen, das ja, aber wann hätte das jemals eine in Liebe entflammte Gouvernante davon abgehalten, nach Lust und Laune Gäste zu empfangen?

Selbstverständlich schaltet und waltet im hintersten Zimmer Monsieur Austeur. Gut möglich, dass er ihnen den Spaß verdirbt. Da wären zwar noch Madame Austeur und die Hausmädchen, aber sie fallen nicht ins Gewicht. Es sind blasse Gestalten. Keine Frage, Monsieur Austeur ist derjenige, der den Gouvernanten im Weg steht. Nicht, dass er ihnen jemals etwas verwehrt, aber allein seine Anwesenheit verfügt über eine eigentümliche Macht: Sie breitet sich im gesamten Haus aus und besetzt alles bis in die letzten Winkel und Ecken. Und so gibt es offenbar nirgends mehr Platz für einen anderen Mann, wenn Monsieur Austeur zu Hause ist.

Die Folgen sind leicht abzusehen. Um frei und ungehindert ihre Fremden verschlingen zu können, werden die Gouvernanten eines Tages unweigerlich auf die Idee kommen, Monsieur Austeur loszuwerden.

MONSIEUR AUSTEUR SITZT in seinem Rauchsalon und genießt seine langen, seidigen Zigarren. Monsieur Austeur ist der Herr im Haus. Es ist Mitternacht, alle schlafen. Im Herzen des Hauses wacht er. Von ihm gehen die Pulsschläge des schlafenden Hauses aus und zu ihm kehren sie zurück. Die Signale, die er aussendet, sind lang und regelmäßig; die Signale, die er von den Gouvernanten empfängt, von Madame Austeur, die sich schlaflos auf ihrem Kopfkissen hin und her wälzt, von den kleinen Jungen, die tief und fest schlummern, von den Hausmädchen, die gähnend an ihre Liebschaften denken, sind kurz und ertönen von überall her in einem wilden Durcheinander.

Er sitzt mitten im Raum bequem in seinem Sessel und hört die Frauen und Kinder rufen, piepsen und jaulen, nimmt ihre Laute in seinem Herzen auf und gibt sie in veränderter Form wieder, lang und regelmäßig wie die Signale eines Leuchtturms. Da beruhigen sich die Gouvernanten in ihren Betten, schläft Madame Austeur endlich ein, beginnen die kleinen Jungen zu träumen und lächeln die Hausmädchen im Schlaf.

Monsieur Austeur hat keine leichte Aufgabe. Er muss wachen, um das Haus in Ordnung zu halten, sonst würde die drohende Gefahr die Mauern zertrümmern und die Fenster weit aufreißen. Würde er nicht wie ein Uhrwerk im Herzen des Hauses wachen, könnte weiß Gott was passieren. Die Gouvernanten würden in ihren gelben Kleidern angekeucht kommen, die Hausmädchen würden sich die Seele aus dem Leib schreien, die kleinen Jungen würden aus dem Fenster springen und die ach so anständige Madame Austeur würde sich das graue Kleid vom Leib reißen, ihren dürren nackten Körper auf der Vortreppe zur Schau stellen und wie eine Irre lachen, eine hundsgemeine Irre.

Er muss also jede Nacht zur Stelle sein, mit seinem Herzen die Atemzüge des Haushalts lenken, auf seinem einsamen Sesselposten die überbordende Flut eindämmen, die aus den Zimmern strömt, über die Treppenabsätze fließt, sich unter den Türen hindurchzwängt.

Als sie die Gouvernanten einstellten, war das Haus ruhig. Vielleicht etwas zu sehr. Damals wachte er nicht, dazu bestand kein Anlass. Abends kroch er in sein weißes Bett, das große quadratische Bett, empfand eine Unruhe, die er sich nicht erklären konnte, und sehnte den Schlaf geradezu wütend herbei. Er drückte den weißen Leib seiner Frau an sich, was ihm keine große Lust verschaffte, und fühlte sich trotz der Liebe, die er Madame Austeur schenkte, in seiner Männlichkeit unterfordert.

Ihm fehlte die Unordnung. Er war dafür bestimmt, entgegengesetzte Kräfte miteinander in Einklang zu bringen, mit einem Blinzeln die sanftesten Töne heraufzubeschwören und die schrillen zu unterdrücken, mit seinem Taktstock das Orchester zu dirigieren, die Asche wiederzubeleben, die Brände zu löschen, die Schatten weichen und die Sonne aufgehen zu lassen. Stattdessen fand er sich mit einer nunmehr allzu vertrauten Madame

Austeur wieder, die seinem Traum gefügig war und nichts mehr zu wünschen übrig ließ.

Am Tag, als die Gouvernanten den Park betraten, hielt Monsieur Austeur hinter den Vorhängen im Salon gespannt nach ihnen Ausschau. Sie erschienen im Gänsemarsch: zuerst Inès in ihrem roten Kleid, mit Päckchen hantierend, dann Laura mit ihrem blauen Rock und schließlich Éléonore, die über die Köpfe einer Schar von kleinen Jungen eine lange Peitsche schwang. Er war hingerissen: Hier nahte das Leben. Vor Freude rieb er sich die Hände und machte Luftsprünge. Sie traten ein und mit ihnen eine Fülle von Erinnerungen und Wünschen, eine Menge von Unbekannten, die an ihren Träumen hingen, ihre zukünftigen Kinder, ihre künftigen Liebsten, die endlose Kohorte ihrer Vorfahren, die Bücher, die sie gelesen, die Blumen, deren Duft sie eingesogen hatten, ihre blonden Beine, ihre Stiefeletten, ihre blitzenden Zähne.

Mittags war Monsieur Austeur bereits wieder zum Mann geworden. Das Haus hatte wieder einen Mittelpunkt, er war dort, wo Monsieur Austeur sich befand. Und wenn er das Treibhaus besuchte, durch die Alleen im Park ging oder seinen Obstgarten besichtigte, folgte der Mittelpunkt des Hauses ihm brav. Vom Treibhaus, von der Allee, vom Obstgarten aus verteilte er so großzügig wie gerecht die tiefen Schläge seines Herzens. Um ihn herum zogen sich weite Kreise, bis an die Grenzen seines Daseins. Das also hieß es zu leben.

Als sie bei Monsieur und Madame Austeur einzogen, fühlten sich die Gouvernanten wie zu Hause. Verliefen sie sich gelegentlich in diesem neuen Gehege, brauchten sie nur auf einen Baum zu klettern oder auf den Dachboden zu steigen und nach dem Rauch von Monsieur Austeurs Zigarre Ausschau zu halten, und wenn sie ihn zwischen den Blättern dahintreiben sahen, fanden sie sich im Gewirr ihres neuen Lebens wieder zurecht.

Woher sie kamen? Schwer zu sagen. Vermutlich hatten sie ihrer Jugend zum Trotz mindestens einen Schicksalsschlag erlebt, wenn nicht mehrere. Darauf lässt ihre Exaltiertheit schließen: ein Übermaß an Freude, an Kummer, eine merkwürdige Inbrunst, zu viel Appetit, zu viel Schweigen. Das Vorleben der Gouvernanten barg offenkundig ein Geheimnis. Vielleicht nichts Außergewöhnliches, aber es bildete den Kern ihrer persönlichen Entwicklung. Etwas hatte sie im tiefsten Inneren geprägt und bestimmte seither, wie sie sich bewegen, wie ihre Stimmen klingen, was sie träumen sowie ihre Angewohnheit, die Hände an die Schläfen zu pressen, wenn sie im Park umhergehen. Man könnte auch sagen, dass dieses geheime Etwas, irgendwo zwischen Herz und Uterus angesiedelt, sie ihres freien Willens beraubt hat, doch wer hat schon einen freien Willen? Sie erinnern an mechanische Spielzeuge, die sich in Bewegung setzen, sobald man den Schlüssel an ihrer Rückseite dreht. Jeden Morgen dreht sich an den schmalen, aristokratischen Rücken der Gouvernanten ein Schlüssel. Dann gehen sie los, klatschen in die Hände, spielen Reifen, verschlingen Fremde, drehen ihre Runden, drehen sich dreimal um die eigene Achse, immer schneller und schneller. Jeden Abend kehren sie ein wenig erschöpft und etwas sanfter zurück. Da lässt sich mit ihnen reden, da hören sie zu. Ein paar Stunden lang ist die Mechanik außer Kraft gesetzt. Und dann können sie ihre maßlose Gier nicht begreifen. Sie betrachten sie voller Abscheu und schämen sich. Dann träumen sie davon, eine andere zu sein, und glauben an diese Möglichkeit. Sie müssten sich nur ruhiger verhalten, vielleicht ein helles Kleid tragen, ihre Frisur ändern. Sie nehmen sich fest vor, Madame Austeur nachzueifern, sie am nächsten Tag zu begleiten und über frauliche Belange zu plaudern, während sie an den zurückgeschnittenen Rosensträuchern entlangspazieren und mit ihr die welken Blüten auflesen. Aber da kommt schon der nächste Tag. Sie springen gut oder schlecht gelaunt aus dem Bett, schnappen sich ihre roten Kleider, schlagen eine Fensterscheibe ein, stürmen zum Gartentor, traktieren die Haushälterin, rennen über den Rasen, erahnen hinter den dunklen Stämmen fremde Gestalten, pirschen sich an sie heran, jagen ihnen hinterher, machen sich schmutzig, tragen Wunden davon.

Über diese Unvernunft wacht zuverlässig Monsieur Austeur. Wie die Gouvernanten weiß auch er nicht, was er tut. Aber er sammelt, ordnet, verteilt, führt zurück.

Manchmal tun sie so, als würden sie gehen. Einfach, um das Haus ein wenig aufzurühren, das ihren Ausschweifungen zum Trotz nichts von seiner geradezu apollinischen Strenge einbüßt. So bekommen sie überdies Gelegenheit, Madame Austeur weinen zu sehen und sich am Anblick eines völlig kopflosen Monsieur Austeurs zu weiden, was ihnen ein besonderes Vergnügen ist.

Wenn sie so tun, als würden sie gehen, treiben sie das Spiel so weit, dass alle daran glauben, sogar sie selbst. Und auch wenn sie diese Komödie schon oft aufgeführt haben, übertrifft das Ergebnis jedes Mal sämtliche Erwartungen: abgrundtiefe Verzweiflung, Heulen und Zähneklappern, unerhörte Geständnisse, allgemeines Schaudern und eine gründliche Auseinandersetzung mit allem, was bisher war.

Zunächst packen sie mit zusammengebissenen Zähnen ihre Sachen. Von den Hausmädchen vorgewarnt, eilt Madame Austeur die Treppe hinauf und presst sich ein Taschentuch an die zitternden Lippen. Die Gouvernanten sehen sich nicht einmal um. Zaghaft, händeringend fragt Madame Austeur nach den Gründen für einen solch überstürzten Aufbruch. Die Gouvernanten bedenken sie mit einem eisigen Blick. Es besteht keinerlei Hoffnung mehr.

Mit Sack und Pack, in ihre Reisemäntel gehüllt, gehen die Gouvernanten die Treppe hinunter, stets im Gänsemarsch, wild entschlossen. Monsieur Austeur tritt aus dem Rauchsalon und versucht sie aufzuhalten. Sie lassen ihn einfach stehen, gelangen zur Haustür. Er stürzt hin und verstellt ihnen den Weg. Wortlos zwängen sie sich an ihm vorbei und erreichen die Vortreppe. Er rennt die Stufen hinunter und verstellt ihnen erneut den Weg, flehentlich, mit ausgebreiteten Armen. Sie gehen an ihm vorbei. Da galoppiert er ihnen hinterher, während sie stur weitergehen, den Blick empört zum Himmel gerichtet, mit funkelnder Iris, festem Schritt, das Becken vorgeschoben. Eine Traube entgeisterter kleiner Jungen hat sich um sie geschart und begleitet sie.

Als das Gartentor in Sicht kommt, verlangsamen die Gouvernanten ihren Schritt. Fast unmerklich, doch Monsieur Austeur strafft die Schultern und atmet leise auf. Jetzt stolzieren sie, schwingen die Hüften, schwatzen und bauschen sich das Haar auf. Sie setzen sich, »um ein wenig zu verschnaufen«, wie sie sagen. Sobald sie den Mund aufmachen, ist das Schlimmste überstanden. Monsieur Austeur streckt den Rücken durch, streicht sich übers Haar, zupft an seinem Jackett und lässt den Blick über den Park schweifen. Dort drüben, hinter den Vorhängen, hat Madame Austeur sich endlich hingesetzt. Der greise Herr von gegenüber legt das Fernrohr beiseite und reibt sich leise lachend die Hände.

Noch geben die Gouvernanten nicht auf. Lässig gehen sie zum Tor, stecken die Köpfe durch die Gitterstäbe. Monsieur Austeur nimmt noch die geringste ihrer Bewegungen wahr. Neben ihm bilden die kleinen Jungen einen Halbkreis und rühren sich nicht. Die Gouvernanten machen einen Schritt nach vorn, einen Schritt zur Seite. Dann drehen sie sich um, wie von einem geheimnisvollen Entschluss getrieben, zerteilen die Menge ihrer Verfolger und gehen weit ausschreitend über die Allee zurück. Die Gefahr ist gebannt. Eine Woche lang werden die Gouvernanten behandelt wie Königinnen. Man liest ihnen jeden Wunsch von den Augen ab. Mit einem Blick bestellen sie Madame Austeur auf ihr Zimmer, mit einem anderen schicken sie Monsieur Austeur in den Regen hinaus, damit er einen verlorenen Reifen findet. Die kleinen Jungen lernen ihre Lektionen auswendig. Die Hausmädchen heften Fotos der Gouvernanten über ihre Betten.

Und wenn es dunkel wird und sie in den Park hinausgehen, vermitteln ihnen all die Blicke, die sich hinter den Fenstern auf sie richten, und das Aufblitzen des Fernrohrs, das sie bis ins Gehölz hinein begleitet, dass man sie schätzt, dass man sie liebt, dass sie nicht mutterseelenallein sind und in diesem großen finsteren Park mit seinen riesigen Bäumen selbst im dunkelsten Dickicht beschützt werden.

NICHT ALLE FREMDEN werden an einem Nachmittag verschlungen. Die Gouvernanten haben auch wahre Liebesbeziehungen, von längerer Dauer, mit Anfang, Höhepunkt und unabwendbarem Ende. Zuerst sprühen die Gouvernanten vor Freude. Zur Mitte hin spüren sie bereits die langen, feinen Nadeln des Leids. Wenn sie sich trennen, ist die Liebe längst vorbei.

Die Liebe beginnt mit einem ganz gewöhnlichen Fremden, den sie an einem Sommernachmittag nach allen Regeln der Kunst verschlingen. Doch kaum sind sie zu Hause, verlangt es sie danach, ihn wiederzusehen. Das kostet sie zunächst keine große Mühe, denn der Fremde hat sein Herz bereits verloren und findet rasch von allein den Weg zum Haus. Er streicht unter den Fenstern umher, stört Monsieur Austeur bei seinen Wachen, klettert an den knotigen Ranken der Jungfernrebe hoch und erscheint mitten in der Nacht auf dem Balkon der Gouvernanten. Darauf folgen köstliche Orgien, auch wenn sie niemals zugeben würden, dass sie sich dermaßen verführen lassen. Mit der Zeit werden sie aber von ihrem Verlangen überwältigt. Es reicht ihnen nicht mehr, dass er nachts zu ihnen kommt. Sie wollen ihn am Tag, sie wollen ihn für sich, sie wollen ihn ohne Vorleben, ohne eigenes Leben, mit nichts anderem als der Liebe, die er für sie hegt.

Und da dringen die ersten Nadeln des Leids in ihr zartes Fleisch. Sie schenken ihnen keine Beachtung. Tatsächlich ist das gar nicht unangenehm. Der Fremde wird zehn Zoll größer, sein Haar goldener, sein Leib verlockender, seine Stimme volltönender, sie beten ihn an.

Derart verliebt kommt ihnen diese herrliche Überlegenheit abhanden, mit der sie durch Park, Wald und Wiesen streiften und das Gras am Wegesrand niedertraten. Sie werden nachgiebiger, nachgiebig bis zur Selbstaufgabe. Monsieur Austeur erkennt die Gouvernanten nicht wieder, Madame Austeur auch nicht und der Fremde erst recht nicht. Er liebte sie als herrische, unabhängige Wesen, und nun erwarten sie ihn zitternd auf dem Balkon, im Hemdchen, seufzend und gurrend. Er versucht, sie wieder in den Zustand zu versetzen, der ihm gefiel, will auf keinen Fall die Oberhand gewinnen, gleitet unter ihren glühenden Leib, aber nein, nichts da, sie möchten wie Kätzchen schnurren, sich an ihn schmiegen, ihm unterliegen. Und da trumpft der bis dahin so zuvorkommende Fremde auf, lässt sich tagelang nicht blicken, sieht neuen Freuden entgegen und überfällt sie mit dem Vorhaben, seine Reise fortzusetzen. Er lässt sie einfach sitzen. Sie schämen sich nicht, ihn anzuflehen. Doch, sie schämen sich, trotzdem flehen sie: »Nimm uns zwischen deine Zähne, zieh uns an den Haaren über den Rasen, bring uns zum Tor und öffne es für uns, öffne uns das Tor zur Welt, nimm uns mit, hol uns aus diesem stillen Käfig heraus, wo wir nichts sehen außer dem Himmel.«

Unterdessen träumen sie von seinem Heimatland. Er soll es ihnen bitte beschreiben. Ihm fehlen die Worte. Er sagt: »... Ähm ...

Da sind Bäume vor dem Haus ... dahinter ein Bahnhof.« Und sie geraten ins Träumen, sie können gar nicht damit aufhören. Am Morgen ist der Bahnhof rosa-weiß wie ein Kinderspielzeug, ein entzückender kleiner Bahnhof mit funkelnden Gleisen, mit der Eisenbahn, die Anna Karenina den Garaus machte, mit Schnee und einem Stationsvorsteher. Abends ragt der Bahnhof verfallen vor dunklen Bergen auf. Die Güterzüge transportieren Kiefernstämme. Am nächsten Tag ist es ein belebter Bahnhof, ein großstädtischer Bahnhof, die Reisenden kommen und gehen, die Züge rasen mit Geheul aneinander vorbei. Die Gouvernanten fürchten sich, sie klatschen in die Hände, ihre Röcke flattern im Fahrtwind der überfüllten Expresszüge, die an ihnen vorbeibrausen. Vor dem Bahnhof die Hotels mit ihren ausgeblichenen Schildern, ihren in verschlissenem rotem Plüsch gehaltenen Salons, ihren Türen aus Holzimitat, ihren trostlosen Toiletten. Doch all das befindet sich da draußen, und da draußen ist besser als der eisige, strahlende, makellose Käfig ihres jetzigen Heims. Wenn er die Bäume vor seinem Haus erwähnt, basteln sie Gärtchen aus ein paar Kieselsteinen, wild wuchernde Gärten mit lichtgesprenkelten Wegen unter dem Laubwerk.

Oh, sie möchten weg! Möchten mit diesem erstbesten Mann Reißaus nehmen, sich seiner bedienen, um das Gartentor zu passieren, ihn lieben, weil er sie in ein Land zu bringen vermag, wo sich sämtliche andere Bindungen lösen, ganz allmählich auflösen würden, sodass eines Tages jede von ihnen für sich leben und einstehen, für sich lieben, für sich allein sein könnte, endlich getrennt von den anderen.

Inès könnte den rechten Weg nehmen, Laura den linken und Éléonore den mittleren. Diese Wege würden nie zusammentreffen, niemals. Sie würden im Gegenteil auseinanderstreben, auf dass jede ihr eigenes Leben führe. Aber der Mann nimmt sie nicht mit. Der Fremde weigert sich hartnäckig, sie an den Haaren hinter sich herzuziehen oder vor sich her zu schubsen. Und so bleiben sie allein, den Kopf vollgestopft mit ihren eingebildeten Häusern, eingebildeten Leben, ihren erträumten Kindern, ihren erträumten Gesprächen, und wenn man ihnen begegnet, versteht man sie kaum, denn sie tragen eine unsichtbare Welt mit sich herum, aus der sie ihre Worte, Gesten, Erinnerungen schöpfen. In jener Welt haben sie zehn Jahre mit Tom zusammengelebt, zwei oder drei Kinder bekommen, ein Haus besessen. In jener Welt waren sie vierzig, fünfzig, vielleicht sogar achtzig. Jede der Gouvernanten besteht aus einer Fülle von Träumen, die sich einerseits aufblähen wie ein riesiger, federleichter, leuchtender Sack und sich andererseits beschränken auf: ein, zwei hübsche Kleider, Stiefeletten, eine Gerte, das Herrenhaus, das nicht ihnen gehört, und vermutlich noch ein paar Kämmen. Ihre Tätigkeit wiederum lässt sich so beschreiben: die kleinen Jungen im Auge behalten, wie Irre durch den Park rennen, Fasan in Aspik und gelegentlich einen Fremden verschlingen, in die Hände klatschen. Meistens aber in ein Schweigen, eine Reglosigkeit versinken, die nichts Gutes ahnen lassen.

DER GREISE HERR VON GEGENÜBER beobachtet sie schon seit geraumer Zeit durch sein Fernrohr. Jeden Tag hält er seine Beobachtungen fest. Ein Beispiel: »Montag: Gouvernanten rot gekleidet, liegen den ganzen Vormittag im Park auf dem Rasen. Mittags: verschwunden. Lauras Kopf am Fenster ihres Zimmers, Éléonores Bein auf der Vortreppe, nackt. Nachmittags: Gouvernanten im Wald, Éléonore in obszöner – wenngleich nicht unanmutiger – Pose rittlings auf einem liegenden Mann. Abends: Gouvernanten sitzen rauchend auf den Stufen der Vortreppe. Glühende Gesichter. Nacht: Hätte ich doch nur einen Feldstecher, mit dem ich durch die Vorhänge hindurchsehen könnte! ...«

Wollte man jede Einzelheit aus dem Alltag der Gouvernanten in Erfahrung bringen, müsste man sich an ihn wenden. Es ist, als hätte er im hohen Alter samt allen dazugehörigen Gebrechen beschlossen, sich ausschließlich ihrer Beobachtung zu widmen. Die Gouvernanten von gegenüber wissen das, und sie genießen es. Wie sollten sie keinen Gefallen daran finden, wenigstens von einem Auge gesehen zu werden, so abgeschottet, wie sie sind, inmitten ihres finsteren Parks? Daraus ziehen sie einen gewissen Trost. Natürlich sind sie nicht allein im Haus, in Gesellschaft von

Monsieur und Madame Austeur, der Hausmädchen und kleinen Jungen. Diese Menschen haben aber nicht genug Abstand, um ihr Leben wahrzunehmen. Sie sind Teil ihres Lebens. Das ist sicher auch der Grund, warum die Gouvernanten Angst haben, von hier wegzugehen. Kaum wären sie draußen, würde das Haus sich in Luft auflösen, der Park sich einrollen wie ein Teppich, das Tor einstürzen. Blickten sie sich um, würden sie feststellen, dass ihre Vergangenheit, ihr ganzes bisheriges Leben sich ebenfalls aufgelöst hätte. Alle harren sie in diesem Haus aus, weil jede für sich insgeheim das Gefühl hat, sie bürge für das Dasein aller. Fiele auch nur eine von ihnen aus, würde alles verschwinden …

Auch das hat der greise Herr in seinem Notizbuch festgehalten. Er begnügt sich nicht mit Beschreibungen; er zieht Schlüsse, stellt Hypothesen auf, hinterfragt und überprüft. Nie hat er sich ernsthaft um einen Austausch mit den Leuten von gegenüber bemüht. Das würde ihn bei seinen Beobachtungen stören. Wenn er sich an eine der Gouvernanten wendet, dann nur, um noch einmal den Klang ihrer Stimme zu hören, sich das Leuchten ihres köstlichen Leibes in Erinnerung zu rufen, das Klackern ihrer Stiefeletten mit den glänzenden kleinen Absätzen. Nach dieser Auffrischung überlässt er sie wieder ihrem Schicksal und bezieht Stellung an seinem Fenster, wo er lange Tage mit dem Auge am Fernrohr verbringt.

Manchmal winken sie ihm zu. Nicht besonders freundlich. Wenn die rosigen Wangen und gebieterischen Augen von Laura winzig klein und weit weg am Ende seines Fernrohrs erscheinen, sieht er, wie dieses Gesicht ihn plötzlich unverfroren mustert, den Mund aufreißt und schlangengleich die Zungenspitze herausstreckt. Er wendet sich ab, pikiert und erregt. Dann richtet er sein Fernrohr wieder aus. Nun erscheinen alle drei im Okular und posieren für ihn wie für eine Fotografie. Éléonore mimt eine Braut und führt die Hände zusammen, während sie verzückt gen Himmel blickt. Laura spielt die Brautjungfer und hebt die Schleppe an. Inès gibt den Bräutigam und betrachtet die Braut mit brennendem Verlangen. Beglückt legt der greise Herr das Fernrohr ab. Er richtet es aufs Neue aus. Jetzt sind sie nackt und verkörpern die Drei Grazien. Éléonore und Laura präsentieren ihre blassen, drallen Pobacken, das Gesicht im Profil, das Haar hochgesteckt. Inès ist von vorn zu sehen, mit einer verträumten Hand bedeckt sie ihr Vlies nur halb, den Blick in weiter Ferne verloren. Manchmal zeigen sie sich noch viel freizügiger, und der greise Herr kostet es – bei aller Distinguiertheit – voll und ganz aus. Da beugen sich die beiden Grazien mit dem Rücken zu ihm plötzlich vor, spreizen für den Betrachter ihren Hintern, lassen die Hüften kreisen und strahlen ihn mit dem weißen Vollmond ihrer Pobacken an. Währenddessen packt die Mittlere wollüstig ihre Brüste und streckt dem Fernrohr einen dunkel schattierten Unterbauch entgegen. Dem greisen Herrn wird heiß. Nun haben die Gouvernanten das Spielen satt. Sie heben ihre Kleider auf und eilen plaudernd, ohne ihren Beobachter eines Blickes zu würdigen, die Vortreppe hoch und verschwinden in der Eingangshalle.

Auch Monsieur und Madame Austeur haben die Gouvernanten gesehen. Sie versteckt hinter den Vorhängen, er vom Fenster seines Arbeitszimmers aus. Es hat ihnen nicht die gleiche Befriedigung verschafft wie dem greisen Herrn. Es hat sie nachdenklich gestimmt. Madame Austeur begreift nicht, warum die Gouvernanten tun, was sie tun, aber sie spürt, dass man diese Spielchen auf keinen Fall unterbinden und sich nicht einmal wünschen darf, sie möchten nie wieder stattfinden. Monsieur Austeur begreift es ebenso wenig. All das vollzieht sich in einer Welt, die ihm entgleitet. Es ist, als hätte er den Gouvernanten beim Träumen zugesehen.

Der greise Herr hat sein Fernrohr weggeräumt. Für heute reicht es. Jetzt kann er sich unbeschwert ausruhen. Schließlich hat er, sagt er sich, »das Allerheiligste« gesehen, und so sinkt er selig in den Schlaf. Die Gouvernanten wiederum haben ihre kleine Darbietung bereits vergessen. Sie gehen so unschuldig in ihre Zimmer, wie sie daraus hervorgekommen sind, und freuen sich auf ihre wohlverdiente Ruhe. Als sie in ihren Betten einschlafen, scheint über dem Park der Mond, reglos und gleißend. Sie träumen. In Lauras Traum gewährt eine große königsblaue Tür Zugang zu einer fremden Landschaft. Laura steht aufrecht im Kamin, inmitten der orange-gelben Flammen eines knisternden Feuers, sie geht auf die blaue Tür zu und schreitet hindurch.

ABER WAS HABEN SIE heute Morgen vor? Sie sind so festlich gekleidet! Findet in der Nachbarschaft etwa eine Hochzeit statt, eine Erstkommunion, ein Empfang? Sie tragen ihre mit der allerfeinsten Seide gefütterten Capes, ihre poliertesten Stiefeletten – und Kleider: Éléonore ein rotes, Laura ein blaues und Inès ein wiesengrünes.

Es wurde noch zu wenig gesagt über die Schönheit der Gouvernanten. Sie sind unwiderstehlich. Éléonore ist die edelste. Ihre Kopfhaltung, das hochgesteckte glatte braune Haar, ihr griechisches Profil mit den ausgeprägten blassen Nasenflügeln machen aus ihr eine Frauengestalt von Ingres. Und dann erwacht das alles zum Leben, errötet, die Frisur löst sich in Locken auf, der Leib rundet sich anmutig, und aus ihr wird eine neckische Figur wie bei Boucher. Der Hintern ist mal blass und majestätisch, mal rund und voller fröhlicher Grübchen.

Laura, die Sanftere, Zärtlichere, bewegt sich träumerisch träge. Inès hingegen ist der Inbegriff einer Spanierin, geschmeidig wie eine Liane, die Augen sind schwarz, das Ebenholzhaar ringelt sich wie eine Schlange auf ihrem wohlgeformten Schädel, sie ist eindeutig die lebhafteste von den dreien. Wenn sie die Kleider wechseln und je nachdem, welche Farbe sie tragen, kommt eine Fülle verschiedener Frauen zum Vorschein: Éléonore in Rot ist ganz und gar bei der Sache. So vornehm und entschieden, wie man Éléonore eben kennt. In Blau ist sie sehr viel romantischer. In Blau würde sie sich niemals trauen, ihren Hintern für den greisen Herrn von gegenüber zu entblößen. In Blau geht sie die Alleen im Park auf und ab, in Gedanken versunken, wie man sie auf der ersten Seite erlebt hat. Da wirkt sie wie eine richtige Gouvernante, beinahe Schulmeisterin, fast schon eine Witwe. In Grün hegt sie giftige Gedanken. Ihre Augen glänzen vor Gemeinheit. Im grünen Kleid ist sie ohne Weiteres in der Lage, einen Fremden zu verschlingen, freudlos, furios, oder jedem Schaulustigen ihren eiskalten Arsch vorzuführen.

Rot beruhigt Inès, wenn sie nackt vor Verlangen brennt. Es ist sanfter als sie, lodert weniger als Inès selbst. Blau macht sie geradezu unvergesslich. Es steht mit ihr so sehr in Einklang, dass ein zufällig vorbeikommender Fremder sich unweigerlich bis über beide Ohren in sie verlieben würde.

Laura ist in Blau unsichtbar. In Grün umwerfend. Doch nur in Rot kann sie sich hingeben. An ihrer wolkig blassen Haut wirkt Rot wie eine glühende Offenbarung ihrer Intimität. Wenn sie sich zu dritt in Gelb hüllen, ist mit allem zu rechnen. Das ist die Farbe des Wahnsinns, die Farbe, die sie von ihrem Ich befreit, die Farbe, in der sie sich nackt fühlen, zur Schau gestellt, gebannt. In Gelb sieht man sie nur bei Nacht am Gartentor oder an den Tagen ausufernder Raserei. Gelb macht sie toxisch und grausam. An solchen Tagen bewaffnen sie sich mit kleinen Dolchen, nähren eine Natter an ihrem Busen und mähen die hohen Gräser im Garten ab wie die Herzkönigin die Köpfe ihrer Gärtner. Schon mancher hat es bitter bereut, ihnen an einem solchen Tag begegnet zu sein. Schmal und klingenscharf, wie sie waren, trampelten sie ihn nieder und bissen ihm jegliches Begehren ab. Danach blieb er keuchend auf der Wiese zurück.

Heute Morgen aber erinnern sie an Schwalben. Am liebsten würde man ihnen hinterherspringen wie ein Äffchen und über ihren Köpfen von Ast zu Ast schwingen. Während sie die Allee entlanggehen, ragen die Bäume immer höher auf, wird der Pfad breiter, der Boden heller. Sie sind auf dem Weg zu einer Hochzeit.

Man braucht den Park nicht zu verlassen, um zu den Nachbarn zu gelangen. Eine Öffnung im Dickicht führt direkt in den Garten, wo zur Feier des Tages vier rot-weiß gestreifte Zelte aufgestellt sind, gekrönt von flatternden Fähnchen. An die hundert Gäste versammeln sich auf dem Rasen, mindestens zwei Damen darunter erinnern an Schnattergänse. Es ziehen aber auch einige junge Frauen vorbei, die den Gouvernanten durchaus Konkurrenz machen. Geschmeidige junge Frauen mit glänzend schwarzem Haar, allerhand Menschen, die den Gouvernanten das beklemmende Gefühl geben, nicht mehr allein auf der Welt zu sein. Und so werden sie stumm, etwas steif und deutlich weniger attraktiv als im betörenden Umfeld ihres Parks.

Solange Monsieur und Madame Austeur in Sichtweite sind, gestalten sich die Dinge anders. Die Gouvernanten überstrahlen alle, und niemand sonst könnte dem Paar so ausnehmend gut gefallen. Es ist für sie ein Leichtes, die beiden um den Finger zu wickeln, einen Köder auszuwerfen, der ihnen die Sprache verschlägt, und diesen wieder wegzuziehen, während sie keuchend und mit herausgerissener Zunge zurückbleiben. Daraus ist längst ein Spiel geworden, an dem sich alle mit Begeisterung beteiligen. Doch heute sind sie allein auf dem Hochzeitsfest der Nachbarn. Umgeben von rund hundert Gästen, die ihnen eher wohlwollend begegnen, und doch allein. Und nachdem die Gouvernanten in ihrem günstigsten Licht geschildert wurden, ist es nun an der Zeit, sie ohne falsche Scham in ihrem ungünstigsten Licht zu beschreiben.

Steif und verkniffen sitzt Éléonore als Mauerblümchen in einer Zeltecke. Laura schwitzt, die Schwalbe hat sich in ein unscheinbares, linkisches und stammelndes junges Mädchen verwandelt. Ja, wirklich so schlimm. Inès ist zu stolz, um jemals ihre Schönheit einzubüßen, aber da steht sie mitten auf dem Rasen mit einem Champagnerglas in der Hand, gerade wie eine Klinge, dünn wie ein Seil, und während sie sich um ein liebenswürdiges Auftreten bemüht, mustert ihr Falkenauge die Gästeschar. Die Nachbarn plaudern und scherzen freundlich mit diesen drei Gestalten. Doch sie finden kaum Worte, selbst die einfachsten, banalsten, um darauf einzugehen. Sie staunen über das, was aus ihrem Mund dringt, was an ihren Gaumen stößt. Es sind Wörter oder Betonungen, die zu kennen ihnen nicht bewusst war, Bilder, die ihnen fremd sind, Ansichten, die nicht von ihnen stammen. Sie versuchen, sie zurückzuhalten, sie noch im Entstehen umzuwandeln, ohne Erfolg. Und so müssen sie, ohnmächtig und zutiefst gedemütigt, den eigenen Sturz mitansehen.

Da kehren keine jungen Schwalben heim, sondern klägliche junge Frauen, die sich nach ihrer Niederlage nicht einmal mehr trauen, einander in die Augen zu sehen. Schweigend gehen sie in ihre Zimmer. Wer wäre an einem solchen Abend so grausam, ihnen dorthin zu folgen?

DEN KLEINEN JUNGEN KOMMT im Leben der Gouvernanten eine nicht unwesentliche Bedeutung zu. Immerhin wurden sie eingestellt, um auf sie aufzupassen und ihnen das eine oder andere beizubringen. Sie spielen sehr gern die Schulmeisterinnen und sehen den Jungen dabei zu, wie sie sich jeweils zu zweit in eine Reihe stellen, sobald die Glocke ertönt, gehen mit ihnen wandern und lassen sie Kastanien und Platanenblätter für ihre Herbarien sammeln.

Bei diesen Ausflügen im Wald träumen die kleinen Jungen davon, sich zu verirren, und schleifen die Gouvernanten vom Dickicht ins Unterholz, von Wiesen zu Sümpfen, darauf erpicht, sich zu gruseln und wohl auch, ihnen bei Gefahr zu Hilfe zu eilen. Zunächst werden Blätter gesammelt: die zarten, runden der Pappeln, leicht wie Hostien, die allgegenwärtigen Blätter der Platanen und die der Kastanien, Federn, an denen so lange gerupft wird, bis nur das Skelett übrig bleibt, das dem eines Fisches gleicht.

Mit Steinen und Blumen beladen, die bereits den Kopf hängen lassen, setzen sie sich zum Mittagessen auf eine Wiese. Oft gähnen die Gouvernanten, und ihre Aufmerksamkeit lässt nach.

Sie schnüren ihre Stiefeletten auf. Manchmal ziehen sie sich sogar nackt aus, und die kleinen Jungen beobachten sie stumm, versteinert. Ein Leben lang werden ihnen nackte Gouvernanten auf einer grünen Wiese das Liebste sein, ihre langen Schenkel inmitten der Gräser, das glänzende Vlies, auf dem blassgelbe Schmetterlinge landen, die träumerisch weichen Brüste.

Einige Jungen fertigen Skizzen an. Das haben die Gouvernanten ihnen erlaubt. Unter den Skizzen schreiben sie in Großbuchstaben: Die Drei Grazien. Die Größeren gehen näher heran, strecken scheu eine Hand aus. Sie dürfen eine Brust umschließen, über die Wölbung eines Schenkels streichen, das Vlies streifen. Mehr nicht. Und dann ist es Zeit für den Tanz, den die Jungen besonders lieben. Die Gouvernanten stehen auf und tanzen zu den Klängen von Flöten und Tamburinen alle drei nackt auf der Wiese, heben im Takt mal ein langes Bein, mal einen Arm, das andere Bein, wieder einen Arm. Die größeren Jungen liegen im Gras und sehen zu, glückselig wie Schneekönige. Der Tanz dauert lange. Manchmal bis in die Nacht. Die Jungen haben ihre Herbarien vergessen, ihre Kastanien und deren stachelige Schalen, die blauen Glockenblumen und die Ackerwinden. Sie haben ein Lagerfeuer gemacht und klatschen in die Hände. Eine märchenhafte Szenerie, denn nun tauchen am Waldessaum Tiere auf. Man sieht hinter den Bäumen ihre dunklen Silhouetten, hört das kaum vernehmliche Stampfen ihrer leisen Läufe. Hundert Augen richten sich auf die Gouvernanten, während sie auf der Wiese tanzen, helle und dunkle, schwarze und rote, umflackert von den Flammen, die im Rhythmus der Tamburine auf und ab hüpfen.

Und dann können die Gouvernanten auf einmal nicht mehr, sie frieren in der nächtlichen Kälte, hören auf zu tanzen und ziehen sich wieder an. Da ist es Zeit, nach Hause zu gehen. Die Gruppe geht schweigend durch den Wald, einträchtig und mit harmonischeren Schritten als auf dem Hinweg. Die Kälte ist fort, die Taschen sind keine Last mehr. Gerade haben sie ein Geheimnis geteilt, das die langweiligen Winterstunden beleben, den hohen schwarzen Bäumen frische, springlebendige Säfte einflößen und unter dem Eis einen wonnevollen Frühling erahnen lassen wird. Fortan wissen die kleinen Jungen, dass es das tamburinklingende Leben gibt und sie nur ihr Ohr an den Boden zu pressen brauchen, um zu hören, wie es schlägt und sein Recht fordert.

SEIT EINIGER ZEIT ERWÄGT Madame Austeur, die Gouvernanten unter die Haube zu bringen. Das ist nichts Neues. Schon mehrmals hat sie Monsieur Austeur in diesen Plan eingeweiht und ihn im Salon stundenlang darüber unterrichtet.

Monsieur Austeur hat gegen ihr Vorhaben nichts einzuwenden, er findet es vernünftig, aber das heißt nicht, dass er sich ernsthaft dafür einsetzt. Solange Madame Austeur vor sich hin plappert, nickt er und tut so, als wäre er vollends überzeugt, und wenn die Gouvernanten im selben Moment zufällig am Fenster vorbeigehen, sagen sie: »Ach, es geht um unsere Heirat.« Doch sie kauen weiterhin gedankenverloren an dünnen, haarigen Mohnstängeln, so müßig wie immer, wenn sich etwas anbahnt. Als Madame Austeur den Kies unter den Füßen der Gouvernanten knirschen hört, senkt sie die Stimme, und Monsieur Austeur wirkt etwas peinlich berührt. »Es eilt ja nicht, es eilt ja nicht ...«, sagt er, um dem Gespräch ein Ende zu setzen. Madame Austeur gibt sich aber keineswegs geschlagen.

Wieder in ihrem Zimmer, holt sie ihr Notizbuch hervor, nimmt einen Stift zur Hand und stellt eine Liste von geeigneten Kandidaten zusammen. Dieser hier hat zwar keinen guten

Ruf, aber die Gouvernanten geraten allmählich auch ins Gerede. Ob er zu Éléonore passen würde, von den dreien anscheinend die Heißblütigste? Wobei Laura ja auch ... Für Laura käme jener Nachbar durchaus infrage. Sie müsste lediglich ein ganz klein wenig ... bescheidener auftreten. Zurückhaltender. Laura würde wunderbar passen, wenn sie endlich bereit wäre, sich mit einem Fremden zu unterhalten, ohne das Gespräch mittendrin vollkommen grundlos abzubrechen. Inès hingegen müsste ein wenig zahmer werden. Vielleicht sollte man ihr erst gegen Abend ein paar Kandidaten vorstellen, nachdem sie lange und ausgiebig im Wald herumgerannt ist? Die Erschöpfung verklärt dann ihren Blick, macht ihren Mund weicher und lässt sie recht verführerisch wirken. Und so hofft Madame Austeur nach wie vor, den Gouvernanten zu ihrem Glück zu verhelfen, indem sie ihnen die Flügel stutzt, hier an einer Locke zupft, dort einen Gesichtsausdruck zurechtrückt, auf die Körper einwirkt, sie verhaltener, geschmeidiger macht. Es wären doch nur Kleinigkeiten, denkt sie und klappt ihr Notizbuch zu.

Die Gouvernanten lieben das Schaulaufen der Kandidaten. Sie benehmen sich affektiert und geben sich erfolgreich als junge Mädchen aus. Monsieur Austeur verfolgt diese Gespräche von seinem Versteck hinter der Tür des Rauchsalons aus, unterdrückt ein Lachen, wenn sie einen Kandidaten mit ihrer Reitgerte traktieren, und reibt sich die Hände, wenn der nach seinem hoffnungsvollen Eintreten völlig niedergeschlagen wieder herauskommt. Tatsächlich führen die Gouvernanten während dieser Empfänge eine schier unglaubliche Komödie auf. In diesem Haus, in diesem Park jedoch, beide so weltabgeschieden, darf man sich über nichts wundern.

Sie nehmen im Zentrum der Eingangshalle Platz, wo die Hausmädchen drei rote Sessel aufgestellt haben. Éléonore thront in der Mitte, mit Inès zu ihrer Rechten und Laura zu ihrer Linken. Zur Feier des Tages haben sie ihre schönsten Sachen angelegt: Éléonore trägt ein langes enges Kleid aus schwarzem Samt mit tiefem Ausschnitt, Laura, die Artemis nacheifert, ein seidig weißes Gewand mit einer silbernen Satinschleife unter den Brüsten. In ihrer lockigen Frisur glitzert eine kleine Mondsichel aus Brillanten – eine Leihgabe von Madame Austeur. Inès ist in Smaragdgrün gehüllt, an ihrem Finger funkelt ein Edelstein, die Füße stecken in goldenen Sandalen, geborgt von einem der Hausmädchen.

Während der ganzen Zeremonie sind neben Monsieur Austeur in seinem Versteck auch die Hausmädchen zu erahnen, die sich hinter der Salontür zusammendrängen, während im Schatten der Empore oberhalb der Eingangshalle die kleinen Jungen vorsichtig den Hals recken. Damit auch der greise Herr an diesem Fest teilhat, wird die Tür zwischen Eingangshalle und Vortreppe offen gelassen. So kann er, wenn er sein Fernrohr entsprechend ausrichtet, bis ins Allerheiligste vordringen. Madame Austeur hingegen übernimmt die Rolle der Conférencière. Für diesen Anlass hat sie ihr graues Festkleid angezogen, sich eine Kamelienblüte an den Gürtel gesteckt und ihre Hochzeitsbrosche an die rechte Brust geheftet.

Um siebzehn Uhr treffen die Kandidaten ein. Madame Austeur empfängt sie huldvoll an der Schwelle und führt sie mit einem anmutigen Hüftschwung, den man ihr niemals zugetraut hätte, zu den Gouvernanten. Diese bleiben sitzen. Der erste Kandidat trägt seine Grußworte im Stehen vor. Madame Austeur, die sich diskret etwas abseits hält, ermutigt ihn mit einem freundlichen Lächeln. Die Hausmädchen winden sich und unterdrücken ihr Lachen. Aus dem Spalt der hinteren Tür dringt der Rauch von Monsieur Austeurs Zigarre.

Während der Kandidat spricht, fixieren die Gouvernanten zuweilen mit todernster Miene den Teil seines Körpers, der sich unterhalb der Gürtellinie befindet und danach strebt, eine von ihnen zu erobern. Manchmal gähnen sie nur, rücken ein Schulterpolster zurecht, zupfen an den Falten ihres Rocks oder lächeln Madame Austeur an. Es kommt auch vor, dass sie zuhören und sich rühren lassen, schließlich sind sie nicht aus Stein. In diesen Fällen wird der Kandidat kühner.

Wenn die Gouvernanten den ganzen Zirkus satthaben, steigen sie von ihrem Thron herab. Die Hallentür fällt mit einem lauten Knall zu, der im ganzen Haus widerhallt. Sie sind wieder unter sich. Sie haben so getan, als wollten sie sich gegenseitig Angst einjagen, getrennte Wege gehen, für gebrochene Herzen sorgen, das alles aber nur, um erst recht zu spüren, wie stark verflochten ihre Bande sind und wie schmerzlich es wäre, sie zu zerreißen.

Wenn man sich nicht voneinander lösen kann, bedeutet das nicht zwangsläufig, dass man gescheitert ist. Warum sollten sie auseinandergehen? Um zu leben? Und wo? In einem Haus, in dem mehr Trubel herrscht als hier? Aber auch dort würde jemand die Züge von Monsieur Austeur annehmen, jemand anders die des greisen Herrn, der Fremden, der Heiratskandidaten ... Überall dasselbe Gartentor, überall derselbe Park, überall dieselbe Welt, gewoben aus denselben Fäden, die ein bestimmtes Gesicht mit einer geheimen Kammer verbinden, ein anderes Gesicht mit einer zweiten Kammer, eine Welt voller unvergesslicher Szenen, die dennoch vergessen sind.

EINES MORGENS BRACHTE LAURA ein Kind zur Welt. Es war keine große Überraschung, schließlich wartete man seit gut neun Monaten auf das Ereignis und verfolgte gespannt, wie sich ihr runder Bauch unter dem Kleid immer mehr wölbte. So mondartig, wie sie war, und strahlender als sonst, ging von ihr eine Ruhe aus, die man im Haus kaum je erlebt hatte.

Die schwangere Laura schwankte hin und her wie ein Gummispielzeug im Wasser, wenn sie die Vortreppe hinunterging. Sie setzte sich unter die schattigen Linden. Man scharte sich um sie wie um die Weihnachtskrippe: Éléonore brachte ihr einen Schal, Inès einen Hocker und die Kinder brachten ihr Blumen. Sie nahm diese Ehrengaben mit großer Liebenswürdigkeit entgegen. Noch nie hatte man sie derart umsorgt. Sie lächelte, nickte, hielt aber die Luft an, um das junge Leben, das sich zwischen ihren Flanken ausdehnte, ganz bei sich, ganz für sich zu bewahren. Im Stehen und beim Gehen legte sie genüsslich die blassen Hände auf ihren gewölbten Bauch, als trüge sie nach Einbruch der Dunkelheit eine große Lampe herbei. Monsieur Austeur reagierte recht verstört auf dieses Ereignis, Madame Austeur war etwas gekränkt, dass man sie nicht früher informiert hatte. Wer hatte

Laura geschwängert? Das weiß nur Gott allein. Ein besonders kühner Heiratskandidat? Ein Fremder? Der greise Herr von gegenüber, der in sein Fernrohr blies, als wäre es eine Pipette? Der größte von den kleinen Jungen? Es gab leider unzählige Möglichkeiten, und die Ermittlungen, die die Hausmädchen im Auftrag von Madame Austeur durchführten, blieben ergebnislos. Laura bestritt, dass jemand sie geschwängert habe. Sie sei eines Morgens mit der Gewissheit aufgewacht, ein Kind zu erwarten, damit sei der Fall erledigt.

Wenn man in ihrem Beisein den Namen eines Mannes nannte, wandte sie sich verärgert ab. Und so bat Monsieur Austeur darum, dass man ihr keine Fragen mehr stellte. Laura werde Mutter, für die Erziehung des Kindes sei gesorgt, es werde später einfach zur Schar der kleinen Jungen dazustoßen.

Und so kam es dann auch. Nach einer schwierigen Geburt entdeckte Laura neben sich einen sechs Pfund schweren kleinen Jungen, der kampflustig wirkte und herrliche Pausbäckchen hatte. Sie war entzückt. Nie hätte sie gedacht, dass sie zu einer solchen Glanzleistung in der Lage war. Mit ihrer eher zurückhaltenden Art war sie immer als Letzte zum Gartentor gerannt, hatte als Letzte mit den Fremden geredet und glaubte außerdem, sie stehe längst nicht so hoch wie die anderen in der Gunst von Monsieur Austeur.

Und nun brachte ausgerechnet sie, die Nachzüglerin, die Wolkigste von allen, die fast vollständig in ihren Träumen vergraben war, eine solche Glanzleistung zustande, ohne recht zu wissen wie, und ließ ihre beiden kinderlosen Freundinnen weit hinter sich.

Es mutete seltsam an, auf einmal das Feld anzuführen. Diejenige zu sein, an die man sich wandte, bei der man Rat suchte.

Hatte sie das Baby etwa nur bekommen, um sich im Haus eine andere Stellung zu verschaffen?

Man hatte sie von ihrem Gouvernantenzimmer in das der Wöchnerinnen verlegt. Es war im Zentrum des Hauses, besonders geräumig und am schönsten ausgestattet. In ihrem großen, mit weißem Pikee bezogenen Bett, den Kopf an spitzenbesetzte Kissen geschmiegt, betrachtete sie die langen, hellen Vorhänge der beiden Fenstertüren, die auf den steinernen Balkon hinausgingen. Die mit cremefarbener Seide bespannten Wände und der fast vollständig von dicken Teppichen verdeckte Parkettboden gaben ihr das Gefühl, in einer Schatulle zu liegen, als wäre sie ein Juwel. In diesem Zimmer drangen die häuslichen Geräusche nur gedämpft zu ihr, während man in den Zimmern der Gouvernanten hörte, wie die Absätze klackerten, Éléonore stöhnte oder Inès in der alten rosaroten Wanne plantschte. Hier stürmte niemand durch die Tür. Und wenn die Hausmädchen anklopften, stießen nur ihre mandelförmigen Fingernägel gegen das Holz.

Zum ersten Mal in ihrem Leben war Laura die Herrscherin. Und das schien ihr nicht schwer. Es war viel leichter als das Gouvernantendasein, wenn einem ständig etwas fehlt, etwas, das sich nicht benennen lässt, und man im Grunde das Gefühl hat, es fehle das eigene Ich. Sie dachte an die Wettrennen zum Gartentor, an die Picknicks im Wald, an die Schreie, Tränen und schrillen Freuden, wie man an seine Kindheit zurückdenkt. Gewiss, all das war passiert, aber vor so langer Zeit, in einem anderen Leben, vielleicht sogar einer anderen Person ... Inzwischen dachte sie nicht mehr daran, wegzugehen. Das Ereignis wartete nicht mehr da draußen; es vollzog sich hier, vor Ort, inmitten des Parks, im Zentrum des Hauses. Nun brauchte sie nur hinzuhören, um zu leben. Von Zeit zu Zeit zog sie die Vorhänge auf, damit der greise Herr von gegenüber sein Werk fortsetzen konnte. Aber sie spielte nicht mehr mit ihm. Keine Grimassen, keine Provokationen mehr, um die Luft um sich herum vibrieren zu fühlen. Sie kehrte zu ihrem Bett zurück, schlüpfte zwischen die Laken. Nun konnte er ihr beim Träumen zusehen.

Eine schon verloren, dachte der greise Herr, als er sein Fernrohr zusammenschob. Sie würde nicht mehr toben und tollen, nicht mehr unberechenbar sein, ihr Kleid, ihre Frisur und ihr Gang würden nichts mehr über sie aussagen. Um sie zu durchdringen, müsste man jetzt viel weiter vorstoßen, über ihren köstlichen Leib hinaus. Er müsste die Augen schließen und sich aufs Bett legen, neben sich das große Buch und die auf dem Laken verteilten Patiencekarten.

Das beunruhigte ihn ein wenig. Was sollte aus ihm werden und aus seinen Nachtwachen, wenn die beiden anderen heirateten, das Haus verließen oder ebenfalls ein Kind zur Welt brächten? Würden sie ihn eines Tages einfach sitzenlassen, nachdem sie ihm so viel Freude, so viel Hoffnung geschenkt hatten, und ihn zwingen, nichts anderes mehr zu betrachten als einen riesigen eiskalten Park? Natürlich konnte er sich auch anderweitig vergnügen, sein großes Buch studieren, das langsame Fortschreiten der Jahreszeiten anhand von Himmel und Bäumen verfolgen, seine Patiencen legen, vielleicht auch den einen oder anderen Besuch empfangen. Doch wie sehr würde er diese Gesichter vermissen, die ihm so lieb waren, ihr Mienenspiel, dieses Kommen und Gehen, wenn der Park sich schlagartig verwandelt, weil eine der Gouvernanten ihn im Laufschritt durchquert ... Er schwor sich, sein Fernrohr zu zertrümmern, sobald die letzte Gouvernante von der Bühne abgegangen war. Er würde seine Vorhänge zuziehen. Vielleicht würde er sogar die Zelte abbrechen. Er würde sich in einer anderen Stadt, einem anderen Land ansiedeln. Dort würde er ein neues Leben beginnen. Ein anderes Leben, ohne Fernrohr, ohne Beobachtungsposten am Fenster, ohne Dunkelkammer, in der man Bilder zum Vorschein bringt, das Schwarz verstärkt oder aufhellt, das Weiß rosa oder bräunlich tönt, mit Formen und Farben spielt.

Nein. In diesem anderen Leben würde er wirklich leben. Würde vielleicht anderen Frauen begegnen, und anstatt ihnen bei ihrem Kommen und Gehen zuzusehen, anstatt ihnen ihre geheimnisvollen Worte an den Lippen abzulesen, würde er sie tatsächlich lieben. Er würde die Gärten aufsuchen, in denen sie sich aufhalten, die Terrassen, über die sie schlendern, die Häuser, die sie bewohnen. Er würde mit ihnen ins Gespräch kommen. Er würde ihre Schleifen, Bänder und Perlmuttknöpfchen lösen und öffnen. Er würde durch ihr langes, unergründliches Haar streichen, ihre Lippen berühren und den Finger hindurchstecken.

Diese Frauen stellt er sich unwillkürlich zu dritt vor. Das liegt an den Gouvernanten. Er versucht, sie zu einer einzigen Frau zu verschmelzen. Eine blasse Erscheinung, lang und zerbrechlich, schmachtend und zugleich stark wie ein Schilfstängel. Doch auch sie hat ihre Launen. Er versagt es weder seiner Hand noch seinem Mund oder seinem Glied, diesen Launen an ihrem Ursprung nachzuspüren, dort, wo die Schenkel zusammenkommen, unter einem Gestrüpp wie sommerwarmes Stroh. Seine Finger gleiten in feuchte Höhlen hinab, klettern wieder hoch zum weichen gewölbten Bauch mit seinem leuchtend blonden Flaum, steigen weiter zu den zarten blassen Brüsten, deren Spitzen seine Sehnsüchte stillen. Und dann folgt der Nacken, schmal und zierlich unter dem Haardickicht. Und da sind noch die Augen, deren Lider man so behutsam küssen kann wie dünne Eierschalen, und die Stirn, hinter der sich so viel Kühnheit, so viele Träume verbergen, diese Stirn, die vor Männern nichts preisgibt.

Oh ja, er sieht sich endlich leben. Er wird nicht umhinkönnen, sie zu betrachten, aber sie wird seinen Blick erwidern. Sie wird ihn »Liebling« nennen oder ein anderes Kosewort verwenden. Ob sie verreisen oder zu Hause bleiben, ist unerheblich. Sie wird bei ihm sein, er kann sie dann anfassen, aber auch mit ihr reden. Er wird sich wundern, dass er sich so lange damit begnügen konnte, nur zu beobachten und zu lauschen.

Natürlich gab es auch in seiner Dunkelkammer Gelegenheit, sich zu erfreuen. Was für ein Genuss, in diesem Bett zu liegen, in diesem dämmrigen, warmen, mit Einhörnern und Laubblättern tapezierten Raum, sein Fernrohr hervorzuholen und sowohl den Park als auch das Haus zu durchforsten. Was für ein herrlicher Zeitvertreib. Und das Leben war so ungestört, so friedlich in dieser Scheibe, die es auf Abstand hielt. Er beobachtete, schrieb in sein großes Buch, beobachtete weiter, schrieb aufs Neue. Manchmal kam eine Frau herein, um ihm frische Bettwäsche zu bringen, seine Kissen aufzuschütteln oder ihm ein goldbraunes Brathähnchen und ein paar Äpfel zu servieren. Danach verschwand sie wieder.

Keine Lust auszugehen? Oh nein, diesen Drang verspürte er nie. Er wollte sich nicht von seiner Aufgabe ablenken lassen, denn nur sie machte ihn glücklich, das wusste er genau. Bevor er alt wurde, hatte er alles Mögliche ausprobiert. Er war in die Welt hinausgegangen. Auch er hatte die Straßen und Städte erlebt. Er hatte Freunde gehabt. Fürs Reisen war er aber nicht begabt und auch nicht für die Freundschaft. Wenn er auf Reisen war, wollte er so schnell wie möglich wieder nach Hause, und wenn er einen Abend mit seinen Freunden verbrachte, wollte er sie so schnell wie möglich verabschieden. Wenn er gezwungen war, auszugehen, glich er einem Träumenden, den man aus seinen Träumen reißt, damit er in der Kälte aufsteht, aber wozu? Er weiß es nicht. Er fügt sich, steht sofort auf, zieht sich hastig an und folgt seinem Begleiter die Treppe hinab auf die Straße, die zur belebten und hell erleuchteten Stadt führt. Das grelle Licht tut seinen Augen weh, der Lärm betäubt ihn. Er schüttelt Hände, er redet, er trinkt Wein und weiß immer noch nicht, was das alles soll. Man feiert ihn, er ist davon überzeugt, dass er seine Freunde mag, zwischendurch fragt er sich sogar, warum er nicht öfter ausgeht.

Und dann bringt ihn sein Begleiter nach Hause, schweißnass und überreizt. In seinem Kopf gerät alles wild durcheinander: die Passanten, die ihm begegnet sind, der rote Hut jener Dame und die Bemerkung, die sie fallenließ, die Art und Weise, wie dieser Herr mit seinen Hosenträgern schnalzte und der Champagnerkelch, den er zerbrochen hat, und dann noch die Frau, die ihn offenbar nicht leiden konnte, der Lärm. Das ist ihm alles zu viel. Zu viele Bilder, zu viele Geräusche, und auch noch so chaotisch, dass es sich anfühlt wie ein verheerender Unfall. Von diesem Abend hat er nur eine Sache in Erinnerung behalten, an die er sich klammerte, um nicht umzufallen: die Glocke, die plötzlich ertönte, in einem Kirchturm ganz in der Nähe, und ihm die Gouvernanten ins Gedächtnis rief.

Je weiter er von ihnen entfernt war, desto mehr drängte es ihn, sie wiederzusehen. Alles, was sie während seiner Abwesenheit veranstaltet hatten, war verloren, für immer verloren. Dafür kehrte er mit frischen Kräften zurück. Er hatte die Gouvernanten so lange entbehren müssen, dass er sie noch viel eindringlicher beobachtete als noch am Abend zuvor. Seit er alt geworden war, ging er nur noch nachts hinaus, allein, wenn sie schliefen und ringsum alles so still war, dass nichts ihn aus seinen Träumen zu reißen drohte. Er hüllte sich in einen alten, dick gefütterten Mantel, band sich einen Schal um, steckte die Hände tief in die Taschen und ging ohne Kopfbedeckung aus dem Haus, um sich auf der Straße im Mondschein die Beine zu vertreten.

Was für eine Wohltat, die frische Nachtluft auf dem Scheitel zu spüren ... Er schlug den Mantelkragen hoch und ging leise auf dem Asphalt, um nicht vom Geräusch seiner eigenen Schritte gestört zu werden.

Es konnte vorkommen, dass er nicht allein war. Eines Nachts schlichen sich, während er die Straße entlangging, einige ebenso leise Gestalten auf einen Parallelweg. Hinter einem Vorhang aus Bäumen verborgen, entzogen sie sich dem Blick des greisen Herrn. Doch er hatte trotz seines Alters noch ein feines Gehör. Und so schlug sein Herz wie verrückt, als er hier und da ein Murmeln und Glucksen vernahm, ein Trippeln und seidiges Rascheln.

Das waren die Gouvernanten, ganz bestimmt. Sie narrten ihn im Dunkeln, vielleicht wollten sie auch mit ihm spielen. Was erwarteten sie überhaupt? Er hatte solche Angst, sie zu vertreiben. Sollte er sich beeilen? Einfach weitergehen, als hätte er sie nicht bemerkt? Sich auf sie stürzen? Geduldig sein und ihnen die Initiative überlassen? Das Herz schlug ihm bis zum Hals, während er weiter die graue, in Mondlicht getauchte Straße entlangging, begleitet vom Rauschen der Blätter und vom leiseren, näheren Rascheln der Gestalten, die ihm folgten, ohne sich zu erkennen zu geben.

Bald hörte er nichts mehr und erschrak. Waren sie weg? Waren sie in den Wald gegangen und hatten ihn hier allein gelassen, bis zum Morgen, wenn sie wieder auf dem Rasen auftauchen würden? Er hob den Kopf, und da sah er sie plötzlich. Wie junge Hirsche sprangen sie mit einem Satz über die Straße, eine nach der anderen, rund hundert Meter vor ihm, und als sie vom Boden abhebten, teilten sich die Bahnen ihrer langen Röcke, flatterten wie Flügel und fielen dann wieder zusammen, sobald sie landeten.

Nun rannte er los, um sie einzuholen. Aber sie waren bereits im Wald verschwunden, und als er die Stelle erreichte, an der sie nach ihrem Luftsprung gelandet waren, fand er nur ein paar Blätter, die sie dabei abgerissen hatten, und die Spuren ihrer kleinen Absätze im Gras der Böschung.

Nach dieser Nacht ging er natürlich öfter hinaus, zur selben Uhrzeit und auf derselben Straße. Er spitzte die Ohren und glaubte, ein Huschen zu hören; da schlich gerade ein Tier vorbei. Er vernahm Gelächter; es war nur das Wasser oder ein Schwarm schlafloser Tauben. Er hielt auf der Straße Ausschau: Zwar tauchten gelegentlich Gestalten auf, aber nie hoben sie vom Boden ab, nie schwangen sie sich mit flatternden Segeln in die Lüfte. Erschöpft kehrte er von seinen nächtlichen Ausflügen zurück, unternahm sie in immer größeren Abständen und ließ sie schließlich ganz sein. Morgens mutete es fast wie ein Wunder an, sie in weißen Kleidern auf dem grünen Rasen wiederzusehen. Verzückt folgte er ihnen mit den Augen, malte sich ihre hellen, lebendigen Silhouetten in Verbindung mit den nächtlichen Schatten aus, veränderte ihre Umrisse, rückte näher.

DAS KIND WUCHS HERAN. Man strickte ihm Schals, Jäckchen, Söckchen in so großer Zahl, dass es sie unmöglich alle tragen konnte. Es wirkten aber sämtliche Frauen im Haus daran mit, von Madame Austeur, die den Handarbeitskorb in ihrem weißen Salon stets neben sich hatte, zu den Hausmädchen, die ihre kirschroten oder himmelblauen Knäuel unter dem Vordach abwickelten. Wenn Monsieur Austeur durch sein Haus ging, hatte er den Eindruck, dass hier ein Nest gebaut wurde. Überall Wollfäden: auf den Teppichen, dem Marmor, an den Holztäfelungen oder um die Stäbe des Treppengeländers gewickelt. Und überall eifrig strickende Frauen, die nicht einmal den Kopf hoben, wenn er vorbeikam.

Das war recht ärgerlich. Winzige Kleidungsstücke stapelten sich auf den Frisiertischen und Kommoden. Einmal fand er sogar ein Paar niedliche rote Hausschühchen auf seinem Schreibtisch vor, wo sie selbstverständlich nichts zu suchen hatten. Er äußerte seinen Unmut und forderte ein wenig mehr Ordnung. Er benutzte sogar das Wort »Anstand«. Aber sie hörten ihn nicht. Sie gingen weiter blind und emsig ihren Beschäftigungen nach, wichen ihm aus, wenn sie ihm begegneten, ließen ihn somit spüren, dass er im Weg stand, keinen Nutzen hatte, eine Art Hinkelstein, dessen ursprüngliche Bestimmung längst vergessen war. Und so zog er sich ganz allein in seinen Rauchsalon zurück. Aber selbst seine einstigen Nachtwachen waren nicht mehr gefragt. Niemand war mehr auf ihn angewiesen, um wieder friedlich auf seine Umlaufbahn gelenkt zu werden. Seine Fürsorge wurde nicht mehr gebraucht. Im Haus hatte sich der Mittelpunkt verlagert. Er befand sich im ersten Stock, neben Lauras Zimmer, hinter einer Wolke aus Musselin, und schrie, weinte, lachte so erfrischend wie ein kleiner Wasserfall.

Nun herrschten diese noch unausgebildete Stimme und dieses noch ungeformte Bewusstsein über das Haus. Und das war für Monsieur Austeur ein Schock. So leicht konnte dieses kleine Wesen, das noch kaum gelebt hatte, ihn ersetzen, seine Lebenserfahrung, sein Leid? Und es brauchte einfach nur aufzutauchen, um ihn vom Thron zu stoßen, der sich aufgrund seiner Lebenserfahrung und seines Leids stets befugt fühlte, die Geschicke des Hauses zu lenken? Als bedeutete alles, was er erlebt hatte, auf einer sonderbaren Waage gewogen, nicht mehr als dieses Nichts, dieses Federgewicht all dessen, was das Kind erlebt hatte.

Madame Austeur spürte, dass ihr Mann zutiefst verunsichert war. Sie hätte ihm gern geholfen, wurde aber selbst wie ein Hälmchen Stroh von diesem neuen Strudel erfasst, und wenn sie sich mit offenen Armen Monsieur Austeur zuwandte, verschwand sie sogleich wieder aus seinem Blickfeld, wie angesogen vom Zimmer im ersten Stock.

Mit mehr Bedacht hätten die Gouvernanten durchaus mehr Anstand an den Tag legen können. Es war aber ein Fehler gewesen, sich auf sie zu verlassen … Wie Madame Austeur waren auch sie nicht imstande, ihre Schritte zu steuern; weichherzig wie die Hausmädchen versanken sie in diesem Meer der Zärtlichkeit, ließen sich freudig hineinfallen und wogten förmlich schwerelos auf und ab.

Dabei hatte er damit gerechnet, dass sie dem Rauchsignal seiner Zigarre folgen würden! War davon ausgegangen, dass sie sich in allen Lebenslagen, trotz gewisser Versuchungen, auf ihn besinnen, ihm mit ihrer jungen, machtvollen Liebe zur Seite stehen würden!

Monsieur Austeur war gekränkt und verließ oft das Haus. Er ging in den Obstgarten, wo er die Bäume beschnitt, in die Stadt, wo er aus heiterem Himmel etwas zu erledigen hatte, oder unternahm lange Wanderungen, die ziellos blieben und ihn in ein Haus zurückführten, wo alles Leben sich an einem Punkt sammelte, zu dem er keinen Zugang hatte.

Niemand verbot ihm, dieses Zimmer zu betreten, dennoch ging er still daran vorbei und zog auf dem Treppenabsatz seine Schuhe aus, wenn er spät nach Hause kam. Und wenn die Tür gelegentlich aufging, während er davorstand, drückte er sich wie ein Einbrecher an den Wänden entlang und kehrte in seine Räumlichkeiten zurück, ohne jemals die schmale, strenge Silhouette von Madame Austeur dort vorzufinden.

Was er jetzt zu sehen bekam, war erstaunlich: Madame Austeur eilte in einem roten Kleid die Treppe auf und ab und tremolierte dabei wie eine Opernsängerin. Ihre Lachkaskaden drangen aus der Eingangshalle zu ihm. Nie hatte sie auf diese Weise gelacht, nicht einmal zu Zeiten ihrer Verlobung, als sie zwar durchaus schüchtern, aber so jung und spontan und manchmal wie ein Turteltäubchen war. Damals vergötterte sie ihn, ihre Augen leuchteten, wenn er sie zu einem Spaziergang einlud oder eine kleine Vogelfeder vom Rasen auflas und sie ihr überreichte. Die Feder beglückte sie im gleichen Maße wie seine Liebe. Und er liebte sie wegen dieses Glücks. Mit ihr wäre sein Haus heiter und unbeschwert. Die Fenster wären immer weit geöffnet, die Vorhänge würden im Wind flattern, und sie wäre selbst im Winter so fröhlich, dass die große Eingangshalle mit ihrem Marmorboden einer Eisbahn gliche, auf der sie mit rosigen Wangen und leicht zerzaust dahingleiten und auf ihn zulaufen würde, während er ihr die Arme entgegenstreckte. Mit zunehmendem Alter war Madame Austeur weniger heiter geworden. Liebte er sie weniger als früher? Bereitete er ihr nicht genug Lust oder auf falsche Weise? Wobei sie kein ausgeprägtes Verlangen mehr danach zu haben schien, nach dieser Lust ... Also traten sie in einen neuen Kreis ein. Das taten sie gemeinsam, Hand in Hand, aber ein wenig betrübt, als verzichteten sie auf etwas, das sie unbedingt hatten vollbringen wollen und ihnen nicht gelungen war.

Von da an belogen sie sich gegenseitig. Oh, nichts Gravierendes natürlich: Sie verbargen lediglich einen Teil ihrer Seele voreinander. Oft bemühten sie sich, es nicht zu tun, doch sobald sie voller Elan aufeinander zugingen, schienen ihre Seelen auf ein unsichtbares Hindernis zu stoßen, denn sie stürzten ab, ohne dass eine Verbindung zustande kam. Diese Stürze waren für beide demütigend, vergleichbar einem Greis, dem die Beine versagen, sobald er im Glauben aufsteht, er könne tatsächlich gehen. Sie redeten nicht über diese zutiefst persönlichen Niederlagen.

Und so wurden es immer mehr Lügen, die sich ineinanderfügten wie die Glieder einer Kette. Am Ende belogen sie einander ohne Unterlass. Das war ihr neues Leben geworden. Sie sahen einander nur ungern still in die Augen, aber es war ein Leichtes, das zu vermeiden, und so wichen sie diesem letzten Hindernis bald mühelos aus. Ihr Leben glich in jeder Hinsicht dem früheren, nur unter umgekehrten Vorzeichen. Zu diesem Zeitpunkt flammte ihre Liebe sogar wieder auf – es war eine solche Erleichterung, nicht mehr kämpfen zu müssen.

Natürlich hätten sie versuchen können, aus diesem neuen Kreis herauszutreten. Aber um welchen Preis? Um einen, der sie frösteln ließ. Madame Austeur wäre sicher ausgezogen. Oder Monsieur Austeur. Und keiner von ihnen konnte sich vorstellen, ohne den anderen zu leben. Da war es ihnen lieber, sich gegenseitig zu belügen. Es war ihnen lieber, getrennt zu leben, solange sie vereint waren. Auch das war keineswegs leicht. Es ist nicht leicht, seine Seele förmlich unter Verschluss zu halten. Man hat dann das Gefühl, man sei mutterseelenallein und praktisch verdammt. Aber sie unterlagen einer Art Gesetz, dem zufolge Liebesgefährten dazu bestimmt sind, auch Todesgefährten zu werden. Wie Tiere folgten sie diesem Instinkt, ohne dessen Sinn und Zweck zu durchschauen.

In dieser Zeit stellten sie die Gouvernanten ein. Kaum schritten diese durch das goldene Tor, wussten Monsieur und Madame Austeur, dass zwischen ihnen alles aus war und sie ein neues Spiel beginnen mussten.

ALS DAS KIND DEN KLEINEN JUNGEN vorgestellt wurde, bereiteten sie ihm einen königlichen Empfang. Sie wetteiferten darum, wer ihm die schönsten Geschenke machte, wer ihm die »Geheimecke« hinter dem Treibhaus oder im Obstgarten die Stelle mit den roten Johannisbeeren zeigte.

Das Kind wankte auf seinen Beinchen, stürzte über die jungen Enten, nach denen es haschte wie eine Katze nach ihrem Spiegelbild, und die Gouvernanten begleiteten ihn unter großem Gelächter und schoben vorsorglich einen Zweig oder die Griffe einer Schubkarre aus dem Weg.

Ringsum herrschte ein solcher Trubel, dass das Kind manchmal überfordert wirkte. Dann ließ es sich auf seinen kleinen windelgepolsterten Hintern fallen, ballte mit aller Macht die Fäuste zusammen und fing an zu brüllen, umgeben von Hunden, die ihn beschnüffeln wollten, und von herbeigeeilten Puten.

Seit Laura das Wochenbett verlassen hatte, schien sie mehr oder weniger vergessen zu haben, was geschehen war. Es schockierte Madame Austeur, wie leichtfertig sie ihre Mutterpflichten auf die anderen Frauen übertrug. Sie versuchte, die verträumte Gouvernante zur Ordnung zu rufen, aber Laura hörte sie nicht. Sie ging gern tagelang spazieren, schlenderte allein vor sich hin und kaute dabei auf einem Grashalm. Als wäre sie in ihr altes Leben zurückgeraten, das sie noch stärker und geschickter umschloss als früher.

Das Kind weinte inmitten der Puten, doch Laura drehte sich nicht um. Es wachte in seinem Bettchen auf, doch sie streifte schon seit Sonnenaufgang draußen herum. Wenn sie nach Hause kam, ging sie nicht gleich in sein Zimmer hinauf, sondern verweilte noch bei den Hausmädchen unter dem Vordach oder stellte sich hinter die Fenster und blickte auf den Park hinaus.

Als sie noch im großen weißen Bett im Zentrum des Hauses ruhte, glaubte sie, sie hätte jenes Leben aufgegeben. Dann aber verfiel sie bereits dort allmählich in ihre alten Gewohnheiten. Bei der Geburt hatte sie sich gefühlt wie eine Geige oder ein Schiff, das in der Mitte aufgespalten wird. Aus ihr war dieses schon wundersam vollendete, eigenartige, unbekannte kleine Wesen hervorgekommen. Dann fügten die beiden Schiffshälften sich langsam wieder zusammen, und von der Spaltung blieb keine Spur. Wenn sie die Stelle berührte, regte sich nichts, es war genau wie früher, als hätte sie nur geträumt. Dann hörte sie im Zimmer nebenan Schreie oder ein Stammeln, stand auf, ging hin und beugte sich über die Wiege. Dort lag ein Unbekannter, der zwar umsorgt werden wollte, im Wesentlichen aber schon gerüstet war.

Sie verspürte für ihn eine Art Liebe, eine eigentümliche und schwindelerregende Zärtlichkeit. Es war aber so, als hätte eher das Kind sich entschieden, in ihr zu entstehen, als dass sie sich entschieden hätte, es auszutragen, und sie konnte sich diesen rätselhaften Vorgang nicht erklären. Warum in ihr statt in einer ihrer Gefährtinnen? Was erwartete man von ihr? Sie sahen einander lange an, Lauras fragender Blick tauchte tief in den See seiner Augen. Das Kind schien ihr viel älter zu sein als sie, es war nach einer langen Reise zwischen ihren blutigen Schenkeln aufgetaucht. Neben ihm kam sie sich so klein und so jung vor, so unwissend. Sollte sie nicht einiges von ihm lernen? Wenn das Kind sie so anblickte, erinnerte es sie an andere Blicke: an den letzten Blick eines Sterbenden etwa oder an den Blick eines Mannes, der dich liebt und dich verlassen muss. Es hatte mit Abschied zu tun, davon war sie überzeugt.

Das Kind war tatsächlich herangewachsen. Zunächst hatte es sich in ein Baby verwandelt, ein lachendes, weinendes, hungriges, durstiges Baby, und statt seines uralten Blicks hatte es nun junge Babyaugen. Es war nicht mehr das Wesen, das Zeit und Raum in sich trug, es war ein anderes. Das erste war für immer fort.

Das hatte Lauras Wehmut geweckt und sie zu ihren einsamen Spaziergängen verleitet. Sie hatte jemanden verloren. Sie trauerte um dieses Wesen, das sie schon nach wenigen Tagen verlassen und den Platz für ein anderes, ganz neues Wesen freigemacht hatte. Sie aber liebte das erste. Das Kind, das sich entschieden hatte, in ihr zu entstehen, wie sie erfuhr, als sie in den dunklen See seiner Augen eintauchte, und dessen gesamtes Wissen sich binnen weniger Tage in Nichts auflöste.

Auf ihren Spaziergängen dachte sie nach und kam zu dem Schluss, dass wohl auch sie die Wiege ihres Schicksals selbst ausgesucht hatte. Was hatte sie sich vorgenommen? Und hatte sie es vollbracht? War sie gerade dabei? Sie betrachtete den Park mit neuen Augen, die Wipfel der jungen Bäume, musterte neugierig ihre beiden Freundinnen. Auf einmal hatte all das einen Sinn, einen Zweck. Und sie setzte sich hingebungsvoll mit diesen Fragen auseinander, vergaß darüber, das Kind zu versorgen, vollauf beschäftigt mit ihrer eigenen Geburt, die so unmittelbar auf die ihres Kindes gefolgt war.

Doch selbst das war nicht von Dauer. Ein Eindruck entsteht, wirkt eine Zeitlang geringfügig auf die Körpertemperatur ein, bevor er nachlässt und einem dermaßen in Fleisch und Blut übergeht, dass so gut wie nichts übrig bleibt. Laura zehrte den überwältigenden Eindruck, den die Geburt auf sie gemacht hatte, ganz und gar auf. So, wie ihr Bauch sich im Innersten aufgetan und nach Erscheinen des Kindes wieder verschlossen hatte, wobei er nun so unversehrt wirkte, als wäre nichts geschehen, legte ihr Geist nach einer kurzen Phase der Entfaltung die Flügel an. Laura war wieder die Alte, die Wolkige, die Langsamste, wenn sie zu dritt zum Tor stürmten oder sich mit klopfendem Herzen in den Wald vorwagten, um Gott weiß was zu jagen.

Éléonore und Inès wunderten sich, dass sie wieder wie früher war. Sie baten Laura, ihnen zu erzählen, was sie bei der Geburt erlebt und empfunden hatte, und rechneten mit spektakulären Enthüllungen. Lauras Worte waren aber so zaghaft und vage, dass ihre Erwartungen sich nicht erfüllten.

Das Kind fügte sich schnell in die Gruppe der kleinen Jungen ein. Man konnte ihn bald nicht mehr von den anderen unterscheiden. Er hatte das gleiche Haar, die gleichen Augen, die gleichen Freudenschreie, die gleichen flinken Beine, die zehnmal hintereinander die Treppe auf und ab liefen. Auch er spielte Reifen, auch er spannte die Ponys aus und galoppierte wild über den Rasen, auch er schlief unterm Dach, hing im Treibhaus Tagträumen nach und saugte an Blütenstempeln.

Es hatte sich also nichts verändert. Welche Bombe müsste denn hier niedergehen, damit das Leben auf einmal einen anderen Lauf nimmt, damit das Gartentor weit aufspringt, damit die ausgerissenen Bäume und das aus seinem Fundament gehobene Haus eine neue Landschaft ergeben?

Der greise Herr von gegenüber bezog wieder seinen Posten am Fenster. Froh und leicht enttäuscht. Er würde also nicht weggehen. Ihm wäre kein anderes Leben vergönnt. Und während er sein Fernrohr ausrichtete, entsagte er der langen geschmeidigen Frau, ihrem aschgelben Kleid, der Liebe, die er ihr geschenkt hätte, ihrem Kosewort für ihn, den Reisen und fernen Ländern.

Wieder rannten sie über den Rasen, verlangten nach seiner Aufmerksamkeit, winkten ihm zu, klatschten in die Hände, als sie den Widerschein seines Fernrohrs entdeckten, der aufs Neue über ihre Kleider und über die Hausfassade huschte oder wie ein Sommerfalter die Bäume hinaufhüpfte.

Sie machten sich einen Spaß daraus, mit den kleinen Jungen diesem flüchtigen Schein hinterherzujagen und ihn mit den Händen auf ihren Röcken oder an den Fensterscheiben einzufangen. Zwischendurch taten sie so, als wäre ihnen das gelungen, und wenn die neugierigen kleinen Jungen im Kreis um sie herumstanden, öffneten sie abrupt die Hände und der greise Herr drehte das Fernrohr zur Seite, damit die Jungen eine helle Flamme davonfliegen sahen. Sie hoben den Kopf, verzaubert von dieser neuen Wundertat der Gouvernanten, und die Jüngsten stürmten die Treppe hinauf, um den Widerschein des Fernrohrs auf dem Dach zu erhaschen, so wie sie sonst einen Vogel aufgescheucht hätten.

Wenn sie das Dach erreichten, war der Widerschein verschwunden. Sie suchten danach, durchwühlten die Truhen auf dem Dachboden, fuhren mit der Hand durch die Regenrinne, hegten den Verdacht, dass Vögel ihn geschnappt und verschluckt hatten. Ihre Jagd nach dem verlorenen Schatz endete erst nach Einbruch der Dunkelheit.

Sie träumten davon. Als berge das Haus ein Geheimnis, etwas Verstecktes, das manchmal in Erscheinung trat, um sie zum Suchen anzustacheln, und wieder verschwand, kaum dass sie sich ihm näherten. Diesen Lichtschein gab es, irgendwo, aber wo? Und wie sollten sie seiner habhaft werden, bevor er ihnen wieder entkam? Sie bewaffneten sich mit Schmetterlingskeschern, mit Schachteln, in die sie kleine Löcher gebohrt hatten, und brachten ganze Tage damit zu, flüsternd oder stumm das Haus zu durchkämmen, wobei sie mit ihren Keschern auch mal eine Vase umrissen, in der sie den Widerschein entdeckt zu haben glaubten, oder die Hausmädchen erschreckten, die sie ohne Vorwarnung mit ihren Netzen fingen und triumphierend hinaus auf den Rasen schleiften.

Die Größten lachten über die Tollereien. Um nichts in der Welt hätten sie sich an dieser Jagd beteiligt. Doch während sie mit überlegener Miene den Park durchquerten, wandten sie sich manchmal jäh nach einem flüchtigen Schein um und ihnen klopfte das Herz.

MANCHMAL UNTERNEHMEN die Gouvernanten lange Wanderungen und dringen bis in die Heide vor. Dann sieht man sie erst nach drei Tagen wieder. Nicht, dass sie so sportlich oder auch nur große Naturliebhaberinnen wären. Bekanntlich machen sie alles nur halb und führen nie etwas zu Ende – mit Ausnahme von Laura vielleicht, die immerhin ihr Kind zur Welt gebracht hat. So haben sie sich zum Beispiel hundertmal geschworen, Latein oder Hebräisch zu lernen. Zwei, drei Tage lang nehmen sie Unterricht, bis ein bestimmtes Wort, ein Baum vor dem Fenster oder ein Traum aus der Nacht zuvor sie ablenkt, aus unerfindlichen Gründen ihre ganze Aufmerksamkeit beansprucht und sie sich in Tagträumen verlieren, anstatt zu studieren. Mal wollen sie sich mit Botanik befassen oder mit der Tierwelt, kaufen Bücher, Herbarien, wälzen Lexika, und keine zwei Tage später befassen sie sich wieder mit sich selbst. Als wäre die Achse, nach der sie streben, um ihrem Leben eine Struktur zu geben, ohne ihr Zutun bereits vorhanden, aber so tief vergraben, so unsichtbar, dass sie niemals durch überlegtes Vorgehen dorthin gelangen, sondern nur durch eine Art Selbstaufgabe. Wenn sie müßig sind, fühlen sie sich dem Urgrund viel näher, als wenn sie entschlossen handeln. Dennoch nötigt sie ein dumpfes Schuldgefühl, von Zeit zu Zeit aktiv zu werden. »Gehen wir doch wandern«, sagen sie dann, »erkunden die Natur, betrachten Bäume und Blumen, so sammeln wir viele neue Eindrücke und können das Geerntete zu Hause in aller Ruhe untersuchen.«

Munter springen sie durch die Heide. Die kleinen Jungen haben sie zu Hause gelassen, sie nehmen sich drei Tage frei. Hier ein Haselstrauch, dessen allzu frische Nüsse bitter sind, und da ein paar Kühe, die sich nach ihnen umdrehen und denen sie fröhlich zuwinken. Dort ein kläffender Hund, der Purzelbäume schlägt und sie bis zu einer unsichtbaren Grenze begleitet, an der er abrupt stehen bleibt. Sie haben schon so viele Landschaften gesehen, in dieser Region, die ihnen zur Heimat geworden ist: die wassertriefenden Wiesen im Frühling, vom Murmeln der Bäche erfüllt, Land der Gewässer und Gräser, wo wilde Narzissen blühen. Land des Ginsters unter einem wüsten Himmel, blau und kalt, wo ihre Schritte auf den trockenen Boden einhämmern und sie die Hände in den Taschen vergraben. Spätsommer voller Brombeersträucher, die die Finger bluten lassen, und säuerlicher Johannisbeeren, rosarote Träubchen unter zartgrünen Blättern.

Sie sind schon so lange bei Monsieur und Madame Austeur, dass sie sich all diese Eindrücke, all diese Bilder unzählige Male einverleibt haben. Und trotzdem reicht ihnen das nicht, um zu leben. Es ist vielleicht der Anfang des Glücks oder vielmehr dessen richtiger Ton. Sie achten darauf und versuchen, ihr Leben damit in Einklang zu bringen.

Bei ihren Wanderungen empfanden sie jene Freude, die Lebenslust weckt, die Lust, besser zu leben. Wenn sie an einer lauschigen Koppel mit zartem frischem Gras vorbeikamen, hatten sie nicht das Gefühl, das Glück wohne dort, auf dieser lauschigen Koppel im Schatten mächtiger Eichen, sondern das Glück sei so beschaffen, es habe die stille Erhabenheit dieses Laubs, die Großzügigkeit dieser heiteren Koppel, die träumerische Tiefe dieses Grasteppichs, alles Vorzüge und Eigenschaften, die sie auf ihr Leben übertragen müssten.

Es gab auch die Landschaften im Spätherbst. Wenn alles langsam verrottet, wenn Holz sich mit Erde vermischt, wenn Wasser Laub zu einem rostroten Brei verrührt. Die Gouvernanten verhielten sich entsprechend und ließen zu, dass ihre sommerlichen Eindrücke sich vermischten und schwerer wurden. Sie blieben am Kaminfeuer sitzen, untätig, dem Tode nah, und nährten ihren nächsten Frühling mit diesem Misthaufen, der schwer in ihnen ruhte und seine Ausdünstungen freisetzte, während er langsam wie von Hexenhand durchgerührt wurde. Dann kam der Winter. Jahreszeit der Knochen und Skelette. Die Gouvernanten lasen Gebetbücher, schärften ihre Seele, zwängten ihren Leib in lange Trauerkleider, wurden immer blasser, nahmen kaum etwas zu sich.

Der Einzug des Frühlings rief nach einem Fest. Sobald es nach April roch, wenn auf einmal ringsum alles weiter, luftiger, leicht wie eine Seifenblase wirkte, schlüpften sie wieder in ihre blassgrünen Kleider, um zum Tor zu rennen. Wenn sie mit den Fremden Küsse tauschten, lag darin ihr ganzer vergangener Sommer, ihr ganzer Herbst und Winter. Diese Küsse waren voller Leidenschaft, Hingabe und mystischer Gedanken. In ihnen steckten – als wären sie kleine Schachteln – die feuchte Hitze, der Schweiß, das schreiend rote Fleisch des Sommers, die Fäulnis, die Schwere und sämtliche Dünste des Herbstes, die dünnen, schwarzen, mineralischen Gebilde des Winters. Die Fremden waren davon ergriffen. Erneut kosteten sie von den Lippen der Gouvernanten und erkannten dort die Jahreszeiten wieder, erneut nahmen sie von ihren Mündern Besitz, von ihren rosigen Zungen, streiften ihre schimmernden Zähne. Durch sie bissen sie in Blüten, tranken aus Bächen, und deswegen fühlten sie sich nach diesen Küssen so gestärkt. Und wenn die Gouvernanten sich hinterher wieder anzogen, den Kragen ihrer Kleider und ihr Haar glattstrichen, hatten die Fremden das Gefühl, grausam im Stich gelassen zu werden.

Auf ihren Wanderungen legten sie sich zuweilen ins Gras und ließen sich eine Wiese hinunterrollen. Sie liebten es, auf Bäume zu klettern, und genossen das Gefühl aufgeschürfter Beine und tätiger Muskeln. Sie badeten im kalten Wasser der Bäche, das den Körper so packt wie eine Hand, sie kauten auf Blumenstängeln, streichelten ihr Gesicht mit einem Strauß rosafarbener Süßgräser. Alles war ihnen recht. Ob sie mit dem Fuß gegen einen Stein stießen, sich die Haut an Dornenbüschen aufritzten oder an ihren Waden das sanfte, giftige Streicheln der Brennnesseln spürten. Manchmal hätten sie sich am liebsten von Kopf bis Fuß damit abgerieben.

Kehrten sie heil und unversehrt von ihren Wanderungen zurück? Oh nein, nie! Aber wie richtige Abenteurer, denn sie hatten Frost erlebt und Verbrennungen, hatten sich an scharfen Gräsern geschnitten und geblutet, geblutet … Wären sie jünger gewesen, hätten sie sich auch ein Schlammbad genehmigt.

Aber sie waren keine zwanzig mehr und ließen sich auf manches nicht mehr ein. Natürlich kletterten sie nackt auf die Bäume! Sie wollten unbedingt die raue, körnige Haut der Stämme an ihren weichen Brüsten, weichen Bäuchen, weichen Schenkeln spüren. Und nackt badeten sie auch im eiskalten Wasser, das ihr Herz zum Hüpfen brachte. Wenn das Wasser ihnen bis zum Hals reichte, schlossen sie die Augen, und ihre Körper flogen, wie narkotisiert, über sie hinweg, zum Himmel empor, wurden Teil des Firmaments. Zurück blieb nur ihr Kopf, der wie eine Seerose auf dem Wasser ruhte.

Sobald er dem eisigen Griff entkam, lebte der Körper wieder auf. Sie rieben ihn kräftig ab, um ihn aufzuwärmen, und wurden ganz rosig. Sie peitschten sich mit Reisig. Über und über mit hellroten Striemen bedeckt, rannten sie am Bach entlang und hielten sich die Brüste, dabei wurde ihnen so warm, so heiß, dass Nebel sie einhüllte und begleitete.

Im Herbst atmeten sie am liebsten den Geruch der Laubhaufen ein, die der Regen aufgeweicht hatte. Sie legten sich bäuchlings auf die Erde, vergruben das Gesicht in roten und schwarzen Blättern, rieben sich damit über die Wangen und atmeten ausgiebig wie ein schnüffelnder Hund. Sie genossen das Gefühl, vom Regen überschüttet zu werden, gingen so lange spazieren, bis sie triefnass waren, und kehrten mit aufgelöster Frisur und flammenden Augen heim.

Madame Austeur sah sie nicht gern in diesem Zustand. Es war, als hätte ein Hexensabbat oder dergleichen stattgefunden. Die Gouvernanten kamen ihr dann so fremd vor, sie drohten sie mit ihren Zähnen zu zerfleischen oder sich mit wirbelnden Röcken und einem einzigen Satz in den ersten Stock hinaufzuschwingen.

Ängstlich flüchtete sie in den kleinen Salon und beobachtete durch den Türspalt, wie die Gouvernanten vorbeizogen.

Sie stiegen die Stufen hinauf, wie man ein Meer teilt, griffen nach dem Geländer, als wollten sie gleich tanzen, rannten die Treppe auf und ab, verausgabten ihre überschüssigen Kräfte, waren zu lebhaft für ein einziges Haus, zu flink für eine einzige Treppe, glühten so sehr, dass sie allein durch ihre elektrisierende Ausstrahlung die Vorhänge hätten in Brand stecken können. Wenn sie in solchen Momenten in ihr Zimmer gingen, um die Fensterläden zu schließen, musste man sie mit beiden Armen zurückhalten, damit sie nicht im Überschwang ihrer Kräfte zum Fenster hinausschossen. Die Welt war für sie zur Miniatur geworden, das Haus zur Puppenstube, der Park zum japanischen Topfgärtchen, wie man sie an regnerischen Tagen mit Kindern bastelt, die Bäume aus einem Stück Reisig, die Felsen aus drei Schottersteinen, die Seen mit einem Unterteller, während Raupen riesige prähistorische Ungeheuer darstellen.

So kommt ihnen alles vor, wenn sie von ihren Wanderungen heimkehren. Mit einer Hand könnten sie die Bäume im Park pflücken wie Sträuße oder sie bis zum Boden umbiegen. Mit der anderen würden sie das Haus abdecken und zwischen Daumen und Zeigefinger Madame Austeur zappeln lassen oder ein schluchzendes Hausmädchen. Am Ende seines Fernrohrs würde der greise Herr ein Bein entdecken, so lang wie der Turm von Babel, oder eine Brust so groß wie ein Himmelskörper. In dieser neuen Landschaft würde er Wälder, Ebenen und Berge vorfinden, Bäche und ein paar verschlungene Lianen. Er würde sich dort verirren. Er würde sich fragen, wo die Gouvernanten abgeblieben sind. Bis er plötzlich bei klarem Himmel hoch oben ihre riesigen Köpfe erblicken würde. Laura würde ihm die Zunge herausstrecken, eine gewaltige Feuerzunge, einen roten Teppich, der bis zur Erde hinab ausgerollt wird. Er würde darauf niedersinken, die Zunge würde sich blitzschnell einrollen, und schon fiele er wie Jonas durch die Speiseröhre der Gouvernanten in ihren Bauch. Eine geräumige Echokammer, rosa wie das Innere eines Ohrs oder einer Muschel. Dort würde er sich hinlegen, als winziger Greis im dick gefütterten Mantel, seinen Schal um den Hals. Er würde sich auf den Rücken legen, die Arme im Nacken verschränkt, hochzufrieden, lächelnd, den Himmel und die Sterne betrachtend, denn es gäbe in diesem rosigen Bauch einen Himmel und Sterne. Und er könnte noch so oft aufstehen und seine Augen mit der Hand abschirmen, um zum Horizont zu spähen, und würde trotzdem nicht erkennen, wo dieser Bauch endete. Er wäre unendlich.

Dann legt sich der Übermut der Gouvernanten mit einem Schlag, wie ein Kleidungsstück, das man an den Ärmeln auszieht und zu Boden fallen lässt. Ihre unfassbare Größe liegt jetzt zu ihren Füßen. Abgestürzt, schlaff wie ein eingefallener Heißluftballon. Als sie unter der Stofffülle hervorkommen, sind sie splitternackt und winzig klein. Jetzt schwillt das Haus an, sodass die Gouvernanten nicht größer sind als ein Welpe oder kurz darauf ein Entenküken. Sie watscheln durch riesige Säle, werden von vorbeikommenden Hausmädchen versehentlich getreten, die Fenster sind so weit oben, dass sie den Himmel nicht sehen können und sich eingesperrt fühlen. Sie brauchen Stunden, um die Treppe hinabzugehen, und selbst das ist eine Qual. Wie sollen sie geschlossene Türen öffnen? Die Griffe sind so hoch angebracht und lassen sich kaum drehen. Sie irren umher und brauchen Tage, um zu ihren Zimmern zurückzufinden. Im Park erstreckt sich vor ihren Augen eine gewaltige Savanne. Am Horizont ist nicht einmal mehr das Gartentor zu erkennen. Dann erlangen sie wieder ihre gewohnte Größe.

ALS DIE GOUVERNANTEN NOCH ZWANZIG waren und unter den Bäumen gurrten, waren die kleinen Jungen regelrecht in sie vernarrt. Wenn sie ein Gesicht zeichneten, war es immer ihres, wenn sie überlegten, wie sie später anderen gefallen könnten, brauchten sie sich nur unter dem Blick der Gouvernanten vorzustellen.

Da sie oft sich selbst überlassen waren, stellten die kleinen Jungen eine Art vierte Sektion im Haushalt dar. Zum einen gab es Monsieur und Madame Austeur, die schon aufgrund ihres gemeinsamen Zimmers verbunden waren und eine Einheit bildeten. Zum anderen die Hausmädchen, die in den Mansarden schliefen und kraft ihrer identischen Zimmer zusammengehörten, daneben die Gouvernanten, die untereinander zwar nicht so stark verbunden waren wie Monsieur und Madame Austeur, aber viel stärker als die versammelten Hausmädchen, und ihrerseits eine Einheit bildeten.

Diese vier Sektionen waren im Wechsel und ohne erkennbare Reihenfolge jeweils paarweise miteinander verbündet. Einigen kleinen Jungen fiel es sehr schwer, dem Wandel der Bündnisse zu folgen, der sich ohne jede Vorankündigung vollzog. Zutiefst verwirrt, setzten sie alles daran, die nun geltende Verbindung herauszufinden. So kam es vor, dass die Gouvernanten eine Zeitlang auf vollkommen undurchsichtige Weise mit den Hausmädchen verbündet waren. Dann mussten die kleinen Jungen einsehen, dass sie keine Zeit hatten, sich um sie zu kümmern, und dass ihre Sammlungen, seien sie noch so schön zusammengestellt, den dreien nur ein Gähnen entlockten. Daraus zogen sie den törichten Schluss, dass die Gouvernanten sich nie wieder für die Sammlungen oder auch nur für die kleinen Jungen interessieren würden. Das war ein harter Schlag, aber sie fanden sich allmählich damit ab. Sie suchten anderweitig Trost, richteten sich in einem neuen kleinen Leben ein, das zu ihnen passte, zwar ohne die Liebe der Gouvernanten, aber dennoch erträglich. Bis die Bündnisse sich urplötzlich und ohne Vorwarnung wieder änderten. Nun waren die kleinen Jungen mit den Gouvernanten verbündet. Sie mussten die Herbarien wieder vorzeigen, die Gouvernanten klatschten in die Hände und schienen die kleinen Jungen über alles zu lieben, während die Hausmädchen in ihren Mansarden schluchzten.

Die kleinen Jungen gewöhnten sich erneut an die Liebe der Gouvernanten – das ging sehr schnell, schließlich war es so leicht, sich ein ums andere Mal hineinfallen zu lassen –, bis dann plötzlich Monsieur und Madame Austeur wieder die Oberhand gewannen. Man sah sie mit den Gouvernanten die Parkwege entlanggehen, und zu fünft lachten und plauderten sie ganze Abende lang. Unter diesen Umständen blieb den kleinen Jungen keine andere Möglichkeit, als sich mit den Hausmädchen zu verbünden, um eine Art Gegengewicht zu bilden. Das war ihnen allerdings etwas peinlich. Nicht, dass sie die Hausmädchen in irgendeiner Weise geringschätzten – mit ihnen hatte man immer noch am meisten Spaß –, aber die kleinen Jungen hätten sich ihre Verbündeten gern selbst ausgesucht, anstatt sich mit dem zu begnügen, was man ihnen überließ.

Stolz, wie sie waren, behaupteten sie, sie hätten diese Wahl aus eigenem Antrieb getroffen. Sie machten daraus eine richtige Schau und bekundeten den Hausmädchen große Zuneigung, die ihrerseits glaubten, sie würden von den kleinen Jungen geliebt und hätten für sie in ihrer unbeschwerten Jugend eine besondere Bedeutung. Wurden die Rollen wieder vertauscht, nicht auf Betreiben der kleinen Jungen, die zu schwach waren, um auf die Verwerfungen im Haushalt Einfluss zu nehmen, sondern aus unerfindlichen Gründen, empfanden die verlassenen Hausmädchen dies als grausamen Verrat, während die kleinen Jungen schneller reagierten und sich willig in die Arme stürzten, die man ihnen entgegenstreckte, ohne darauf zu achten, um wessen Arme es sich handelte.

Es war, als spielten sie Reise nach Jerusalem. Immer blieb jemand allein zurück, während die anderen Bündnisse und Freundschaften schlossen, die womöglich ewig währen würden. Dabei hatte die Erfahrung gezeigt, dass diese Annäherungen nicht von Dauer waren. Man wusste, alle Angehörigen dieses Haushalts würden wieder durcheinandergewirbelt und neu gemischt werden wie Karten, und beim nächsten Spiel würden sich andere Bündnisse ergeben. Man wusste, dann hätte man wieder eine Chance. Aber wie konnte man sichergehen, dass die Karten aufs Neue verteilt werden würden? Vielleicht wurden sie nun zum letzten Mal ausgegeben, sodass fortan jeder dort ausharren müsste, wo das Schicksal ihn platziert hatte? Dennoch galt es, wachsam zu bleiben für den Fall, dass die Bündnisse sich noch einmal auflösten und anders formierten. Dann müsste man sich sofort auf die richtige Seite stürzen.

Zurzeit waren die Gouvernanten aufseiten der Hausmädchen. Sie gaben ein reizvolles Bild ab, wie sie da in ihren weiten Röcken unter hohen Bäumen saßen, nähten und plauderten. Die zurückgelassenen kleinen Jungen hielten sich trotz allem in ihrer Nähe auf, trotteten umher, ohne zu spielen, und ließen die Gouvernanten nicht aus den Augen. Beim geringsten Anzeichen für einen Wechsel – wenn die Gouvernanten beispielsweise aufhörten, mit den Hausmädchen zu reden, oder hochmütig gähnten – rückten die kleinen Jungen langsam vor, sprungbereit, um bei der ersten Gelegenheit die freiwerdenden Plätze einzunehmen. Meistens fand der Wechsel, der sich scheinbar angebahnt hatte, aber doch nicht statt. Die Gouvernanten nahmen das Gespräch mit den Hausmädchen wieder auf, hielten für sie die Wollknäuel oder frisierten sie zum Spaß.

Das Bündnis, das den kleinen Jungen am wenigsten zusagte, war das mit Monsieur und Madame Austeur. In dieser Verbindung fühlten sie sich immer etwas unwohl, als hätten sie sich brav eingereiht und die an sie gestellten Erwartungen erfüllt. Viel riskanter und aufregender war ihr Bündnis mit den Gouvernanten. Und selbst wenn sie mit den Hausmädchen zusammengingen, war es durchaus lustvoll, sich aufgrund einer verqueren Laune des Schicksals aneinander geschmiedet zu fühlen. Waren sie hingegen mit Monsieur und Madame Austeur verbandelt, hatten sie das Gefühl, dass ihre Seite die der Vernunft war, während man auf der anderen Seite einen irren Spaß hatte.

Bei Monsieur und Madame Austeur wirkten die kleinen Jungen wie diese Vorzeigekinder, die man in Gesellschaft ihrer Vorzeigeeltern sieht. Die Eltern sind glücklich, aber die Kinder schämen sich. Sie wären lieber wie diese geheimnisvollen Liebespärchen, die vorbeigehen, ohne sie wahrzunehmen. In Gesellschaft ihrer Vorzeigeeltern nehmen die Vorzeigekinder alles wahr. Ihr Blick richtet sich nach außen, verweigert sich beharrlich dem Schauspiel des familiären Schoßes, gibt vor, nicht dazuzugehören, verbündet sich umgehend mit jedem x-beliebigen Fremden, der zufällig vorbeigeht, und folgt ihm. Das Beschämende ihrer Situation wird noch durch den Umstand verstärkt, dass ihre Eltern nicht das Geringste von ihren Eskapaden ahnen. Wenn die Eltern sich wenigstens ärgern würden! Wenn sie verlangen würden, dass ihre Kinder an Ort und Stelle bleiben, anstatt sich davonzumachen! Dann würden diese Kinder vielleicht ganz allmählich, ganz zärtlich in den Schoß der Familie zurückkehren, am Ende wären sie recht froh, ihm nach geschlagener Schlacht anzugehören. Beschämend bleibt aber dieses blinde Vertrauen der Vorzeigeeltern, das, was sie sich einbilden. Man möchte sie fast bedauern, so blind sind sie, aber man kann es nicht. Man empfindet geradezu Hass angesichts ihres seligen Schlafes.

Darum tun die kleinen Jungen in Gesellschaft von Monsieur und Madame Austeur so, als wären sie frei und hätten das Bündnis von sich aus gewählt. In etwa so wie bei den Hausmädchen, aber aus anderen Gründen. Diese Komödie spielen sie ganz bestimmt nicht für Monsieur und Madame Austeur, sondern für die Blicke von außen, also für sich selbst.

Das Bündnis, das ihnen wirklich gefällt, ist natürlich das mit den Gouvernanten. An ihrer Seite werden sie stark, können nach

Herzenslust schreien, kommen und gehen, genießen die wilde Freiheit, auf die hohen Gräser im Park einzudreschen, und selbst auf das kleinste Blümchen, das zaghaft hervorschaut. Doch auch wenn dieses Bündnis ihnen schmeichelt, ihnen Wege eröffnet, die sie begierig erkunden möchten, ist es trotzdem noch nicht das, was sie voll und ganz zufriedenstellt. Sie ahnen, dass das Ganze im Grunde nur eine Komödie ist.

Nein, ihr allerliebstes Bündnis ist das, was sie jenseits der Parkmauer mit dem greisen Herrn eingehen, auch wenn sie das nicht zugeben, aus Angst, zu nett zu erscheinen. In seinem Umkreis haben sie das Gefühl, bessere Menschen zu sein. Keine kleinen Jungen, wie bei Monsieur und Madame Austeur, nicht forsch wie bei den Hausmädchen, nicht gepeinigt von ständigen Ermahnungen wie bei den Gouvernanten, sondern genau am richtigen Platz, voller Selbstachtung und bei aller Lebendigkeit sehr ruhig.

Gelegentlich geht der greise Herr mit den kleinen Jungen spazieren, damit die Gouvernanten sich ausruhen können und er seine gute nachbarschaftliche Beziehung zu Monsieur und Madame Austeur aufrechterhält. Sie begleiten ihn artig, jagen Schmetterlinge und folgen mit großem Vergnügen dem Mantel, der den greisen Herrn einhüllt, während er ruhig und gleichmäßig seines Weges geht.

Wenn die kleinen Jungen einen Freund haben, dann ist das ganz bestimmt der greise Herr. In seinem Beisein darf man sich sehr töricht oder sehr schwach zeigen, darf wegen eines verstauchten Knöchels weinen, über Mädchen reden, hundertmal hintereinander ein Wort trällern, das einem besonders gefällt, selbst wenn dieses Wort unflätig ist, oder gar nichts sagen, einfach nur da sein, oder die Gruppe feierlich anführen, mit dem Schal des greisen Herrn um den Hals, und einen Ast reckend, der als Banner fungiert.

Man muss sich keineswegs krummlegen, um dem greisen Herrn zu gefallen. Egal, ob man sich krummlegt oder eher dämlich anstellt, wird er einen stets auf dieselbe Weise ansehen und ansprechen. Er redet nicht viel, aber wenn er redet, bleibt er immer auf seiner Seite, sodass man selbst zwangsläufig auf seiner eigenen bleibt. Und das Merkwürdige, Wundersame ist: Wenn jeder auf seiner eigenen Seite bleibt, können sich alle viel besser verständigen, als wenn man gewissermaßen aus seiner Haut muss, um die Welt eines anderen zu betreten, oder umgekehrt, wenn der andere einen aufsucht und sich über Wege Zugang verschafft, die man ihm nicht unbedingt eröffnen wollte.

Obwohl der greise Herr so alt ist, begegnet er allen von gleich zu gleich. Im Gegensatz zu den Gouvernanten verleitet er niemanden zu wilden Reigen. Jeder darf sein Tempo selbst bestimmen. Und wenn er selbst an einem bestimmten Tag seine Schritte beschleunigt und überaus fröhlich wirkt, legt er keinen Wert darauf, dass sie ihm munter hinterherspringen. Ob sie es tun oder nicht, spielt keine Rolle. Er freut sich einfach, dass sie da sind.

Eines Tages aber zog sich der greise Herr entgegen allen Erwartungen zurück, weil er von den Gouvernanten genug gesehen hatte. Sie merkten es daran, dass der Park weniger strahlte, dass hinter den Fenstern ihrer Schlafzimmer eine Präsenz fehlte. Zunächst beunruhigte es sie keineswegs, denn sie waren das Beobachtetwerden dermaßen gewohnt, dass sie sich nur dann darauf besannen, wenn sie spielen wollten. Ansonsten taten sie so, als wäre der greise Herr Luft. Vielleicht hatte ihn das mit der Zeit verärgert oder gekränkt, wer weiß? Eines Tages zog er die Vorhänge des Fensters zu, das auf den Park der Leute von gegenüber hinausging. Er verlebte einige Tage in einem heilsamen Dämmer, dann zog er die Vorhänge des anderen Fensters auf, das auf die Landschaft hinter seinem Haus hinausging. Fortan würde er dort mit seinem Fernrohr Stellung beziehen. Als Erstes bekam er eine Farnpflanze und einen Feldhasen zu sehen.

Nach einigen Tagen beschlich die Gouvernanten ein merkwürdiges Unbehagen, obwohl sie nach wie vor von Monsieur und Madame Austeur, den kleinen Jungen und den Hausmädchen umgeben waren. Sie hatten beinahe das Gefühl zu verschwinden. Sie musterten sich gegenseitig, sahen sich im Spiegel prüfend an, wechselten fragende Blicke, ohne recht zu wissen, was sie eigentlich fragen wollten. »Wir gehen ein«, erklärte Éléonore eines Tages. »Wir lösen uns auf«, antwortete Laura. Beunruhigt ging Inès in den Park und steuerte mit großen, entschiedenen Schritten das Gartentor an. Aber sie verschwand bereits auf der Allee. Der Park schrumpfte, die kleinen Jungen purzelten übereinander, das Haus büßte seine Wände ein, Monsieur Austeur seine Zigarre, Madame Austeur ihr graues Kleid und die Hausmädchen die Schüsseln, die sie auftragen wollten. Anstelle von Éléonore war eine zarte Blume zwischen zwei Kieselsteinen zu sehen, und dort, wo Laura gewesen war, flitzte eine Eidechse davon.

Die Originalausgabe erschien 1992 unter dem Titel *Les Gouvernantes* bei Éditions Champ Vallon. Die Übersetzung folgt der leicht veränderten Neuausgabe von 2021.

INSTITUT FRANÇAIS Deutschland

Dieses Buch erscheint im Rahmen des Förderprogramms des französischen Außenministeriums, vertreten durch die Kulturabteilung der Französischen Botschaft in Berlin.

MIX Papier | Fördert gute Waldnutzung FSC® C089473 FSC www.fsc.org

2. Auflage im September 2023

Konzeption | Gestaltung: Antje Haack | www.lichten.com
Satz | Herstellung: Büro für Gedrucktes, Beate Zimmermanns
Abbildungen: Einbandvorderseite und Einbandrückseite von DEEPOL by plainpicture
Reproduktion: Frische Grafik, Hamburg
Druck | Bindung: Beltz Grafische Betriebe, Bad Langensalza
Printed in Germany
ISBN 978-3-949203-67-1

ANNE SERRE, geboren 1960 in Bordeaux, hat seit ihrem Romandebüt 1992 sechzehn Romane und Bände mit Kurzgeschichten veröffentlicht. Für *Im Herzen eines goldenen Sommers*, 2022 bei Berenberg erschienen, erhielt sie 2020 den Prix Goncourt de la Nouvelle. *Die Gouvernanten* wird derzeit u. a. mit Lily-Rose Depp in Hollywood verfilmt.

PATRICIA KLOBUSICZKY, geboren 1968 in Berlin, übersetzt aus dem Französischen und Englischen, u. a. Werke von Louise de Vilmorin, Sophie Divry, William Boyd, Petina Gappah. Für Berenberg übertrug sie zuletzt Anne Serres *Im Herzen eines goldenen Sommers* ins Deutsche.

Die Übersetzerin dankt dem Deutschen Übersetzerfonds, der ihr einen inspirierenden Aufenthalt im Collège International des Traducteurs in Arles ermöglicht hat.